PREMIER AMOUR

PREMIER AMOUR

TOURGUÉNIEV

PREMIER AMOUR

Traduction de Michel Rostislav Hofmann

Chronologie, préface, notes
et archives de l'œuvre
par
Peter Brang

GF-Flammarion

*La littérature russe
dans la même collection*

GOGOL
*Récits de Pétersbourg.
Le Révizor.
Tarass Boulba.
Les Ames mortes.*

DOSTOÏEVSKI
*Crime et Châtiment.
L'Idiot.
Récits de la maison des morts.
Notes d'un souterrain.
L'Eternel Mari.*

TOLSTOÏ
*Anna Karénine.
Maître et serviteur. Nouvelles et récits (1886-
1904).*

POUCHKINE
La Fille du Capitaine.

TCHÉKHOV
*La Cerisaie.
La Steppe.*

FRR17.746

CHRONOLOGIE

1818 : Naissance, à Oriol, en Russie centrale, le 28 octobre (9 novembre) d'Ivan Serguéïevitch Tourguéniev, fils de Serguéï Nikolaïevitch et de Varvara Pétrovna.

1827 : Les Tourguéniev s'installent à Moscou. Ivan Serguéïevitch entre à la pension Weidenhammer.

1833 : Tourguéniev entre à l'université de Moscou pour étudier à la faculté des Lettres la philosophie et la littérature.

1834 : Le 30 octobre, décès du père.
En automne, Tourguéniev s'inscrit à l'université de Saint-Pétersbourg.

1837 : Le 23 juin, il passe l'examen pour obtenir le titre de « candidat ».

1838 : Le 15 mai, Tourguéniev s'embarque pour l'Allemagne afin de se précipiter dans la « mer germanique ». En octobre, il continue ses études à l'université de Berlin.

1840 : Voyage en Italie. Amitié avec le futur anarchiste M. A. Bakounine.

1842 : Naissance, en avril, de Pélagia (dite Pauline), fille illégitime de Tourguéniev et de Avdotia Ermolaïena Ivanova, lingère de Varvara Pétrovna Tourguéni
eva. En mai, Tourguéniev soutient avec succès, à l'université

de Pétersbourg, sa thèse de philosophie et obtient le degré de maître ès arts. Il écrit ses *Remarques sur l'économie de la Russie et le paysan russe*. A la fin de l'année, il fait connaissance de Biélinski.

1843 : En avril, le récit en vers *Paracha* est publié à Pétersbourg.

Tourguéniev est nommé fonctionnaire en mission spéciale au ministère de l'Intérieur, sous les ordres de Vladimir Dal, ethnographe et écrivain. Il écrit l'article sur la traduction russe de *Faust*. Le 13 novembre, il fait la connaissance de Pauline Viardot (1821-1910), cantatrice franco-espagnole de réputation européenne, qui joue le répertoire de l'opéra italien à Pétersbourg pendant les saisons 1843-1844 et 1844-1845. Pauline est mariée depuis 1840 avec Louis Viardot (1800-1883), musicien, librettiste, critique et traducteur.

1845 : Tourguéniev prend sa retraite et quitte son poste au ministère, en avril, afin de pouvoir consacrer son temps aux activités littéraires. Il part pour un voyage à Paris, à Courtavenel où se trouve la villa des Viardot, et dans le midi de la France.

Après son retour en Russie, il lie connaissance avec Dostoïevski.

1846 : Tourguéniev se rapproche du journal « Le Contemporain » qui est alors dominé par Biélinski.

1847 : En janvier, le premier récit des *Carnets d'un chasseur (Khor et Kalinytch)* est publié dans « Le Contemporain » ; Tourguéniev quitte la Russie pour trois années. De 1847 à 1850, il passe les étés à Courtavenel, les hivers à Paris.

1848 : En février, Tourguéniev est témoin de la Révolution. Durant le mois d'octobre il voyage en France.

1850 : En juin, il quitte Paris pour la Russie. Le 16 novembre, décès de sa mère. Il se trouve héritier d'une grande fortune. Il envoie sa fille à Paris chez Pauline Viardot.

1851 : Le 5 novembre, Tourguéniev est présent à une soirée où Gogol lit *Le Révizor*.

1852 : Article nécrologique sur Gogol. Sachant son article interdit à Saint-Pétersbourg, Tourguéniev le fait soumettre à la censure de Moscou. Le 16 avril, Tourguéniev est arrêté à Pétersbourg. Le 15 mai, il est relégué à la campagne — à Spasskoïe — pour un temps indéterminé.
Première édition en volume des *Carnets d'un chasseur*.

1853 : Clandestinement, Tourguéniev quitte, en mars, son lieu d'exil à Spasskoïe pour rencontrer Pauline Viardot à Moscou. En novembre, il obtient sa grâce.

1854 : En mars, publication de *Moumou,* récit qu'il a écrit à Spasskoïe, pendant l'exil.

1855 : En janvier, la comédie *Un mois à la campagne* est publiée dans « Le Contemporain ». En novembre, Tolstoï vient de Crimée à Saint-Pétersbourg et y fait la connaissance de Tourguéniev. Amitié avec la comtesse Lambert.

1856 : En janvier et février, le premier roman, *Roudine,* paraît dans « Le Contemporain ». En juillet, Tourguéniev quitte la Russie et se fixe à l'étranger. En octobre, la nouvelle *Faust* est publiée.

1857 : Visite de Tolstoï chez Tourguéniev à Paris. Tous deux partent pour un voyage à Dijon. Tourguéniev lie connaissance avec Prosper Mérimée, cette amitié durera jusqu'à la mort de Mérimée (86 lettres de Mérimée à Tourguéniev, 1857-1870). En mai, voyage à Londres, visite d'Alexandre Herzen. Il fait la connaissance de Carlyle, Thackeray et Macaulay.

1858 : En janvier, la nouvelle *Assia* est publiée dans « Le Contemporain ».

1859 : En janvier, publication du roman *Un nid de seigneurs* dans « Le Contemporain ».

1858 ou **1859** : Découverte des œuvres d'Arthur Schopenhauer.

1860 : En janvier, *A la veille,* le troisième roman, paraît dans « Le Messager Russe ». Tourguéniev a quitté « Le Contemporain ».
Le 10 janvier, il prononce un discours sur *Hamlet et Don Quichotte* à Pétersbourg. La plainte de Gontcharov accusant Tourguéniev de plagiat est examinée par un tribunal arbitral.

1861 : Le 27 mai, une querelle avec Tolstoï manque de se terminer par un duel.

1862 : Le roman *Pères et Fils* est publié dans « Le Messager Russe » et en volume.
Pendant l'automne, Tourguéniev vit à Baden-Baden, pendant l'hiver à Paris.

1863 : Le 23 février, au dîner Magny, fondé un peu auparavant par Sainte-Beuve et les Goncourt, première rencontre de Tourguéniev avec Flaubert. Début de leur amitié (92 lettres de Tourguéniev à Flaubert et 136 lettres de Flaubert à Tourguéniev sont connues). Dès le 3 mai, Tourguéniev demeure à Baden-Baden où les Viardot ont établi leur résidence (entre 1864 et 1871, Tourguéniev visite six fois la Russie).
Rupture avec Alexandre Herzen qui se rapproche du socialisme révolutionnaire.

1867 : Publication du roman *Fumée.* Le 10 juillet, querelle avec Dostoïevski à Baden-Baden.

1868 : Le 22 novembre, visite de Tourguéniev à Croisset chez Flaubert.

1869 : Publication de la nouvelle *L'Infortunée* (ou *La Sacrifiée,* Niestchastnaïa). En avril, les *Souvenirs sur Biélinski* sont publiés.

1870 : A Paris, dernière rencontre avec Herzen.
En juillet et jusqu'en septembre, Tourguéniev publie les *Correspondances de la guerre franco-prussienne* dans « Les Nouvelles de Saint-Pétersbourg ». D'abord, antipathie pour Napoléon III, admiration des Allemands ; puis, sympathie avec la France vaincue et républicaine.

1871 : Les Viardot achètent une maison de campagne à Bougival ; un pavillon dans le parc est réservé à Tourguéniev.

1872 : En janvier, la nouvelle *Eaux printanières* est publiée dans « Le Messager de l'Europe ». Il fait la connaissance de Zola et Daudet. Flaubert lit à Tourguéniev *La Tentation de saint Antoine*. Visite chez George Sand à Nohant. Rencontre avec Pierre Lavrov, philosophe du populisme russe et guide de la jeunesse radicale, qui est venu à Paris après s'être enfui de Sibérie.

1873 : En avril, rencontre avec Sand et Flaubert.

1874 : En avril, début des dîners des cinq auteurs sifflés (Tourguéniev, E. Goncourt, Flaubert, Zola et Daudet).

1875 : En février, soirée musicale et littéraire à Paris au bénéfice de la salle de lecture russe (Tourguéniev, P. Viardot, le poète Gleb Uspenski).

1876 : Le poète Saltykov-Chtchédrine est présenté à Zola et à Flaubert par Tourguéniev.
Après le décès de George Sand, Tourguéniev écrit un article nécrologique.
En décembre, rencontre avec Maupassant.

1877 : Janvier-février : Le dernier roman, *Terres vierges*, publié dans « Le Messager de l'Europe », n°s 1-2 ; dans les n°s 4-5 paraissent *La Légende de saint Julien l'hospitalier* et *Hérodias*, traduits par Tourguéniev. A Paris, la société pour le secours aux artistes russes est fondée avec la collaboration de Tourguéniev.

1878 : En juin, Tourguéniev est élu vice-président du Congrès international des écrivains à Paris.

1879 : Le 16 juin, à l'université d'Oxford, Tourguéniev est reçu docteur *honoris causa* de droit civil.

1880 : Les 2-4 mai : visite à Jasnaïa Poliana chez Tolstoï. Les 6-8 juin : inauguration du monument de Pouchkine à Moscou. Le 7 juin, Tourguéniev prononce son *Discours sur Pouchkine*.

1881 : En juin : dernière visite à Spasskoïe. En novembre, publication de la nouvelle *Le Chant de l'amour triomphant*.

1882 : En mars, Tourguéniev tombe gravement malade. En décembre, publication des *Poèmes en prose*.

1883 : En janvier, publication de la nouvelle *Klara Militch*. Opération de Tourguéniev qui refuse d'être endormi.

En avril, l'état de santé de l'écrivain devient de plus en plus mauvais.

En mai, quelques jours après la mort de Louis Viardot, Tourguéniev est transporté de Paris à Bougival.

Fin juin : il écrit sa dernière lettre à Tolstoï et le conjure de retourner à l'activité littéraire.

Le 22 août (3 septembre), mort de Tourguéniev à Bougival.

Le 19 septembre (1er octobre), la dépouille de Tourguéniev est transférée à Paris. Edmont About et Renan prononcent des discours à la gare du Nord.

Le 27 septembre (9 octobre), le corps de Tourguéniev est enterré à Pétersbourg dans le cimetière de Volkov, 400 000 personnes assistent aux obsèques.

PRÉFACE

« Il n'y a qu'une de mes nouvelles que je relis toujours avec plaisir : *Premier Amour*. Au fond c'est mon œuvre de prédilection. » A côté de ce jugement de Tourguéniev lui-même, on pourrait citer les jugements de critiques très différents : de contemporains comme Herzen et Ogariov, Tolstoï, Apollon Grigoriev et Flaubert, mais aussi d'auteurs du vingtième siècle tels que Dmitri Mirski et André Maurois — ce dernier a qualifié *Premier Amour* de « ravissante nouvelle », « peut-être la plus parfaite, sinon la plus grande de ses œuvres » (voir *Les archives de l'œuvre*).

Premier Amour fut écrit quand le poète eut parcouru la moitié de sa carrière créatrice. C'est une œuvre qui appartient au groupe central de ses nouvelles qu'il est convenu d'appeler les nouvelles commémoratives. Mais elle se trouve au centre de l'art de Tourguéniev parce qu'elle révèle plus distinctement certaines lois de ses œuvres — de leur genèse, de leur être et de leur virtualité.

Premier Amour est typique de la création de Tourguéniev par son rapport avec la réalité. Tourguéniev — c'est Biélinski qui s'en aperçut assez tôt — n'est pas, au contraire de Dostoïevski, un écrivain doué d'une imagination inépuisable ; il ressemble plutôt à Tolstoï, et écrit ses œuvres en observateur perspicace et scrupuleux de la réalité, réalité des objets qui l'entourent ainsi que de son propre être. C'est pourquoi l'élément biographique, tout comme chez Tolstoï, prend chez lui tant d'importance. L'écrivain lui-même a souvent souligné ce fait dans des jugements qu'il a portés sur ses œuvres. Ainsi, à propos de *Premier Amour* : « Je n'ai pas inventé cette nouvelle. Elle me fut donnée entièrement par la vie elle-même » (lettre à la comtesse Lambert, 16-28 février 1861). « J'ai décrit dans *Premier Amour* un événement réel sans y rien ajouter et quand je le relis, les personnages se dressent devant moi comme s'ils étaient vivants » (*Souvenirs* de A. V. Polovt-sev). Et encore : « Dans *Premier Amour,* j'ai représenté mon père. Beaucoup me l'ont reproché, et m'ont reproché en particulier de ne l'avoir jamais dissimulé. Mais je pense qu'il n'y a rien de mal là-dedans » *(Souvenirs de Mme N. A. Ostrovski).* Ces remarques sont confirmées par la liste de personnages que Tourguéniev, selon son habitude, a dressée au commencement de son travail. Ce premier témoignage de la nouvelle, un brouillon qui est conservé à la Bibliothèque nationale et qu'André Mazon a daté de janvier 1852, nous permet de reconnaître les hésitations de Tourguéniev : « Moi, petit garçon de treize ans », corrigé en « quinze ans », « mon père, trente-huit ans », corrigé en « mon oncle », deux mots que Tourguéniev a barrés plus tard. Puis : « Ma mère — trente-six ans », corrigé en « quarante ans ». Dans la rédaction définitive, le jeune Volodia a seize ans, âge plus vraisemblable pour une aventure sentimentale, son père a quarante ans, l'âge du père de Tourguéniev dans l'été de 1833, date à laquelle les événements principaux de la nouvelle se déroulent. La mère du jeune héros a cinquante ans, tandis que la mère de l'écrivain était âgée de cinquante-trois ans — Tourgué-niev a diminué la différence d'âge entre les parents, de façon à augmenter la vraisemblance. En indiquant la date de l'action de la nouvelle, 1833, il s'est servi d'un artifice confirmant la réalité des événements ; c'est là un procédé que l'on trouve non seulement dans ses grands romans, mais souvent aussi dans ses nouvelles.

Dans un petit cahier conservé à la Bibliothèque nationale et publié pour la première fois en 1964 par André Mazon[1], Tourguéniev a noté en 1852, pour lui-même, les faits les plus importants de sa vie de 1830 à 1852. On peut y lire à la date de 1833 : « Princesse Chakhovskoï ». Au-dessus de ce nom se trouvent les mots : « Premier amour », et, enfin, deux lignes au-dessous : « Séjour à la datcha en face du Nieskoutchnoïe ». Le jardin de Nieskoutchnoïe est mentionné tout au début du premier chapitre de la nouvelle. On a présumé tout de suite et à bon droit que cette princesse Chakhovskoï était la jeune fille dont le jeune poète, âgé alors de quinze ans, tomba amoureux. Mais c'est seulement depuis 1973, après la publication de l'article de N. Tchernov[2] que nous connaissons l'identité de cette princesse et de nombreux détails qui concernent son histoire. N. Tchernov réussit à révéler, avec le secours de quelques spécialistes de restauration textuelle et de généalogie, que cette princesse était la poétesse Jekatérina Lvovna Chakhovskoï, née le 10 septembre 1814 et morte à Pétersbourg le 28 juin 1836, neuf mois et onze jours après son mariage avec un certain Vladimirov. Elle publia quelques œuvres en 1832 et 1833 qui furent remarquées par la critique contemporaine. L'argument le plus convaincant de N. Tchernov repose sur deux lettres de Varvara Pétrovna Tourguéniev, mère d'Ivan Serguéïevitch. La lettre du 9 novembre 1840, non publiée jusqu'alors, où elle blâme l'affection de son fils pour la jeune poétesse A. Khovrina : « Ah, ces poétesses... Oh, elles me... Il en sortira une Chikhovskoï. Elles font mourir et meurent, et laissent des enfants

---

1. *Héritage littéraire,* Moscou, vol. 73, 1, pp. 342-345.
2. « Le conte *Premier Amour* de Tourguéniev et ses sources réelles » dans le n° 9 de la revue mensuelle *Questions littéraires,* pp. 225-241.

orphelins, les leurs et ceux d'autrui. » Dans la lettre du
26 mars 1839, dix-neuf lignes avaient été soigneusement
effacées, mais pas assez soigneusement pour ne pas
permettre de restituer une grande partie du texte à l'aide
des méthodes modernes, la mère de Tourguéniev maudit
la mémoire de la « princesse Ch. » et rappelle à son fils,
que « cette malfaitrice a écrit des vers » au père défunt
d'Ivan (quelques-uns de ces vers sont cités) et que, « en
apprenant par hasard la nouvelle (évidemment : de la
mort du père de Tourguéniev) chez les Bakounine où elle
était en train de monter sur les planches — on mettait en
scène quelque (pièce) de son oncle Chakhovskoï — elle
éclata de rire hystériquement ». « Pour tout ce que je dis
ou écris j'ai des preuves écrites..., je n'en ai pas parlé
autrefois, eh bien, lis-le maintenant. » Le texte que
quelqu'un s'est donné la peine d'effacer est suivi de cette
injonction en français : « de ne jamais prononcer devant
moi ce nom maudit ».

Or, si la princesse Chakhovskoï, qui fut le prototype de
Zinaïda, était une poétesse, il est intéressant de constater
que Zinaïda, est, elle aussi, une nature poétique ; elle
s'intéresse vivement à la poésie, elle y réfléchit — c'est
bien dans les traditions principalement sociales de la
critique littéraire en Russie de ne pas s'en être aperçu. Il y
a quelques ressemblances entre le sujet du poème *Le Rêve*
de Jekatérina Chakhovskoï et la vision racontée par
Zinaïda dans *Premier Amour*[1]. Ainsi, Tourguéniev s'ap-
puie sur son observation pénétrante de la réalité. Même le
détail du couteau qu'emporte Volodia (Vladimir) la nuit
dans le jardin (chap. XVIII) est « vrai ». Il exploite, de
même, les expériences de son propre cœur, surtout
lorsqu'il décrit minutieusement la passion naissante chez le
jeune Vladimir — avec des traits biens observés comme le
fait que le garçon amoureux pense en français : « Que

1. Voir à ce sujet l'article de N. Tchernov.

suis-je pour elle — me dis-je en français — je ne sais pourquoi » (on saurait comment répondre à ce « pourquoi »). En même temps, Tourguéniev a transformé ses héros en créations pleines de poésie. Cela vaut avant tout pour Zinaïda. Dobrolioubov, un des « démocrates révolutionnaires », a déclaré que personne n'avait jamais rencontré de femme comme Zinaïda. Plus tard, Tolstoï a fait une observation semblable à l'égard de ces femmes héroïques que l'on trouve chez Tourguéniev et qui plurent à Dobrolioubov : « Peut-être n'existaient-elles pas dans la réalité, mais, après que Tourguéniev les avait créées dans ses œuvres, elles commençaient à y paraître. » Zinaïda est une création poétique qui personnifie des possibilités idéales de la condition féminine et, en même temps, une réalité supérieure, la femme idéale et réelle à la fois, selon la formule de Flaubert. Comme la lumière attire les papillons de nuit, Zinaïda attire les hommes et sait jouir de la puissance qu'elle exerce sur eux ; elle aime à susciter chez ses adorateurs tantôt des espérances, tantôt des appréhensions et les tenir en haleine selon ses caprices. « Un mélange curieux et fascinant de malice et d'insouciance, d'artifice et d'ingénuité [...] Le moindre de ses gestes, ses paroles les plus insignifiantes dispensaient une grâce charmante et douce, alliée à une force originale et enjouée. Son visage changeant trahissait presque en même temps l'ironie, la gravité et la passion. Les sentiments les plus divers, aussi rapides et légers que l'ombre des nuages par un jour de soleil et de vent, passaient sans cesse dans ses yeux et sur ses lèvres. »

Dans le personnage de Zinaïda, Tourguéniev a peint les charmes de l'amour, mais aussi ses côtés sombres et démoniaques — Zinaïda cause des souffrances et en subit. A cet égard la nouvelle appartient elle aussi — que l'on ne se laisse pas tromper par son titre ! — aux contes de Tourguéniev sur « la signification tragique de l'amour », selon les mots de Roudine. Même si, très vraisemblable-

ment, Tourguéniev n'a pas déjà fait, en 1859, la connaissance de Schopenhauer, il décrit dans cette œuvre l'amour
comme une puissance aveugle qui assujettit l'homme. « Et
pour ce qui est de l'indépendance... » prononce Zinaïda
avec sarcasme — une anacoluthe qui en dit beaucoup !

Le personnage de Zinaïda démontre parfaitement
comment l'observation de la réalité et l'influence de la
tradition littéraire peuvent s'unir chez Tourguéniev. Nous
savons maintenant que le prototype de la figure centrale
de la nouvelle était la poétesse Jekatérina Lvovna Chakhovskoï. Mais pourquoi s'appelle-t-elle Zinaïda ? La
nouvelle débute bien brusquement : « Les invités avaient
pris congé depuis longtemps » (Gosti... raz'ekhalis'). Les
critiques littéraires ne se sont pas rappelé jusqu'à présent
que l'un des contes fragmentaires de Pouchkine, publié
pour la première fois en 1839, commence par les mots :
« Les invités s'étaient rassemblés à la datcha » (Gosti
s'ezžalis's na datchu). Dans ce fragment de Pouchkine il
s'agit d'une jeune femme intelligente et passionnée qui
comme la Zinaïda de *Premier Amour,* sait se faire
remarquer par ses actes inattendus, par la légèreté de son
caractère et par ses manquements aux règles de bien-
séance des milieux aristocratiques. L'héroïne de
Pouchkine qui, elle aussi, distingue l'un de ses nombreux
adorateurs, s'appelle *Zinaïda Vol'skaïa.* Est-ce tout à fait
un hasard si Tourguéniev donne à la sienne le nom de
Zinaïda Dol'skaïa après son mariage (chap. XXII) ? Est-ce
un hasard si la comparaison de l'expression changeante du
visage de l'héroïne avec l'ombre des nuages (voir ci-
dessus) se trouve aussi chez Pouchkine (« Son visage
changeant comme un nuage... ») ? Si le narrateur rappelle
« l'éducation négligée » (nepravil'noe vospitanie) de
Zinaïda (chap. IX), tandis que chez Pouchkine une des
dames de la société traite Zinaïda de femme « mal
élevée » (durno vospitana) ? Si les femmes russes, dans le
récit de Pouchkine, sont critiquées par le narrateur parce

qu' « elles craignent de passer pour coquettes », tandis
que, chez Tourguéniev, Zinaïda déclare franchement :
« Moi, je suis une coquette, une sans-cœur, affligée d'un
tempérament de comédienne », Tourguéniev lui-même
ayant dit qu'il avait présenté dans *Premier Amour* « une
coquette de nature, mais une coquette vraiment
attrayante ». Est-ce par hasard, enfin, que dans *Premier
Amour* Pouchkine et son œuvre jouent un rôle plus
important que dans toutes les autres œuvres de Tourguéniev ? Sans doute était-ce pour Tourguéniev une tâche
tentante que d' « achever » le portrait esquissé par
Pouchkine en le mêlant avec ses propres souvenirs.

A côté de Zinaïda et de Volodia le personnage le plus
intéressant de la nouvelle est le père, figure qui a été
violemment rejetée par une partie des critiques. C'est un
portrait du père de Tourguéniev. « Il était très beau
d'une beauté vraiment russe. Il avait l'habitude de se
donner un air de froideur, d'inaccessibilité, mais à peine
lui venait-il le désir de plaire que, sur son visage, dans ses
manières, il apparaissait quelque chose d'irrésistiblement
charmant. » C'est ainsi que Tourguéniev, à en croire les
souvenirs de Mme Ostrovski, a caractérisé son père en se
référant au père de Volodia dans *Premier Amour*. La
rareté même de ses apparitions dans la nouvelle souligne
son caractère inaccessible et sa forte volonté. Il inspire un
respect exigeant la distance. C'est surtout grâce à lui que
dans cette nouvelle, comme l'a bien remarqué Dmitri
Mirski, l'atmosphère est plus froide et claire que dans les
autres œuvres de Tourguéniev, rappelant plutôt l'air
raréfié des hauteurs de Lermontov.

Très significatif de l'œuvre de Tourguéniev est le rôle de
la nature dans *Premier Amour*. Ce n'est pas une peinture
de la nature en soi, telle que nous la trouvons dans *Les
Carnets d'un chasseur* ; ce n'est pas une nature qui
intervient dans l'action de la nouvelle — comme dans
Eaux printanières où une bouffée de vent réunit les deux

amants ; on ne trouve pas, non plus, de parallélisme mystérieux entre l'action humaine et la météorologie, comme dans la nouvelle *Faust* ; mais il y a une correspondance insensible entre les phénomènes de la nature et les expériences de l'homme. Le narrateur se souvient : « Le souffle lourd et moite de la nuit fouettait mes joues en feu. L'air était à l'orage. Des nuages sombres s'amoncelaient au ciel, se déplaçaient lentement, modifiant à vue d'œil leurs contours fugaces. Une brise légère faisait frémir d'inquiétude les arbres noirs. Quelque part au loin, le tonnerre grondait, sourd et courroucé [...]. Ce que j'éprouvais était si neuf, si doux... Je ne bougeais pas, regardant à peine autour de moi, la respiration lente. Tantôt, je riais tout bas en évoquant un souvenir récent, tantôt je frémissais en songeant que j'étais amoureux et que c'était bien cela, l'amour [...]. Puis, je me couchai mais sans fermer les yeux et m'aperçus bientôt qu'une pâle clarté pénétrait dans ma chambre. Je me soulevai pour jeter un coup d'œil à travers la croisée. Le cadre de la fenêtre se détachait nettement des vitres qui avaient un éclat mystérieux et blanchâtre. » « C'est l'orage », me dis-je. « C'en était un effectivement, mais tellement distant qu'on n'entendait même pas le bruit du tonnerre. Seuls, de longs éclairs blêmes zigzaguaient au ciel, sans éclater et en frissonnant comme l'aile d'un grand oiseau blessé [...]. Je contemplais ce tableau et ne pouvais en détacher mon regard : ces éclairs muets et discrets s'accordaient parfaitement aux élans secrets de mon âme. L'aube commençait à poindre, en taches écarlates. Les éclairs pâlissaient et se raccourcissaient à l'approche du soleil. [...] Et dans mon âme aussi, l'orage se tut. » A la fin de la nouvelle, cette image apparaît de nouveau dans l'hymne à la jeunesse et dans « le souvenir de cet orage matinal, printanier et fugace ».

Quant à la structure, *Premier Amour* est une des quatorze nouvelles « encadrées » ou « enchâssées » parmi

les trente-trois nouvelles qu'a écrites Tourguéniev. Au
début, le lecteur est introduit dans la situation du récit
selon la manière classique de la nouvelle : trois hommes
conviennent de raconter l'un après l'autre l'histoire de leur
premier amour. L'un d'eux ne parle pas, mais il s'engage à
consigner ses souvenirs dans un cahier ; quinze jours plus
tard, il apporte un texte élaboré, de sorte que la forme
classique de la « nouvelle encadrée » se combine avec la
« fiction du manuscrit » ; ainsi, la technique raffinée de la
présentation prend un caractère vraisemblable.

Les événements sont en général présentés par le narrateur avec la perception d'un adolescent de seize ans. Ce
n'est que rarement que celui-ci se sert de son omniscience,
quand il veut ironiser sur certains sentiments et actions du
jeune Volodia, par exemple dans les chapitres XVII et XVIII
où il parle de lui-même comme d'un Othello — et toujours
à la troisième personne : « Othello jaloux et prêt à
assassiner redevint un collégien », « Othello l'imita tout
aussitôt ».

En adoptant la perspective de l'adolescent, le narrateur
sait maintenir la tension. Bien plus que dans les autres
nouvelles, Tourguéniev fait appel à la divination du
lecteur. Les efforts du garçon pour ne pas livrer le secret
de son amour naissant se trahissent seulement par un
mouvement de son corps : « En entendant *et sa fille*, je
plongeai le nez dans mon assiette » (chap. V). Dans son
récit de la première visite, que Volodia fait dans la maison
de Zinaïda (chap. IV), il dit son étonnement de la fuite si
rapide du temps : « " Mais y a-t-il si longtemps que je suis
ici ? " — " Plus d'une heure. " — " Plus d'une heure ",
répétai-je malgré moi. » Les amoureux heureux ne s'aper-
çoivent pas de la fuite des heures ! Le lecteur ne découvre
guère plus tôt que Volodia l'amour de Zinaïda pour le
père. Une des indications qui l'annonce, c'est la constata-
tion répétée que sa mère se trouvait dans un état d'irrita-
tion croissante (chap. XII, XVII, XVIII). Le lecteur peut

seulement supposer que le comte Malevski est l'auteur de
la lettre anonyme qui dénonce le père auprès de la mère,
lorsque le père montre la porte au comte en lui disant :
« Je n'aime pas beaucoup votre écriture » (chap. xx). La
lettre de Moscou qui avait « extraordinairement agité » le
père contenait, sans doute, la nouvelle d'un accouchement
de Zinaïda, mais cela n'est pas encore révélé au lecteur. Il
doit se contenter de l'information qu'après la mort du
père, « maman envoya une somme considérable à Moscou ». Et c'est seulement l'observation de Maïdanov,
quatre ans plus tard, qu' « il y a eu des conséquences » qui
éclaircit cette allusion [1].

Le récit proprement dit se termine par le motif, plein de
poésie et de vérité, de l'occasion manquée, puisque
Zinaïda est morte quatre jours avant que le narrateur,
enfin, se présente à l'hôtel où elle était descendue. Suit
une apothéose de la jeunesse qui terminait la nouvelle
dans une première version. Tourguéniev, toujours prêt à
écouter les voix de ses amis et des critiques littéraires,
ajoute deux appendices. Comme il déclare dans une lettre
à Fet (1er-13 juin 1860), il ajouta « la vieille à la fin, premièrement parce qu'il en fut ainsi en réalité et deuxièmement parce que, sans cette fin dégrisante, les cris
à l'immoralité auraient été encore plus forts ». Toutefois,
Tolstoï, en 1896, trouva que cette fin religieuse était
« faite de manière classique ». Peut-être, Tourguéniev,
avait-il déjà lu la critique de Korch au moment où il écrivit
à Fet. Pendant l'automne 1860 et les premières semaines
de 1861, Tourguéniev essuya, de plus, les reproches de
Louis Viardot et de la comtesse Lambert concernant la
prétendue immoralité du sujet et des personnages de sa
nouvelle (« encore l'adultère, toujours l'adultère florissant
et glorifié »), et le directeur de la *Revue des Deux Mondes*

---

1. C'est pour cela que nous avons éliminé les points de suspension à
la fin du chap. xxi, insérés par le traducteur M. R. Hofmann.

refusa de l'imprimer telle quelle. C'est pourquoi Tourguéniev ajouta, en 1862 ou en 1863, « l'appendice de la
traduction française » dont nous possédons un brouillon
russe de la main du poète lui-même ; cette conclusion
comprend une discussion des événements et des caractères
de la nouvelle, discussion qui entraîne une généralisation
politique prétendant qu'une histoire comme celle-là ne
pourrait se passer que dans la Russie contemporaine ;
Tourguéniev, évidemment, a écrit cette conclusion à
contrecœur au point qu'il put assurer, en 1882, au critique
allemand Ludwig Pietsch que ce texte fut ajouté par le
premier traducteur français (« entre nous : par Viardot »).
Les éditions françaises plus récentes omettent cet appendice de plein droit (on trouvera le texte dans *Les archives
de l'œuvre*).

Ce fut surtout la critique conservatrice qui refusa cette
nouvelle pour des raisons morales : à côté de Louis
Viardot, dont l'argumentation est connue en détail depuis
la publication, en 1972, de sa lettre à Tourguéniev du
23 novembre 1860, ce furent la comtesse Lambert avec
son « monsieur G. » et Olga Aksakova, sœur des deux
frères slavophiles. Tandis que la critique de droite prenait
avant tout parti contre la figure du père, les attaques des
critiques révolutionnaires et démocrates se tournaient
contre Zinaïda, parce que celle-ci contredisait l'idéal de la
« femme nouvelle » qui s'était formé pendant les années
cinquante chez Tchernychevski, Dobrolioubov, Pisarev et
les autres représentants de la gauche, et cela, entre autres,
sous l'influence des types de femmes créés par Tourguéniev lui-même... Les quelques éléments de critique socio-
psychologique et sociale, que l'on trouve dans la peinture
de la mère de Zinaïda, princesse appauvrie, et des
adorateurs nobles de Zinaïda, ne pouvaient pas compen-
ser le défaut des héros véritables. La critique libérale et
esthétique, de son côté, a reconnu assez tôt que cette
nouvelle est un des chefs-d'œuvre de l'écrivain. C'est

surtout dans l'abondance de détails artistiquement significatifs que ces critiques découvrirent la profondeur et la grandeur de cette œuvre. Ainsi, Flaubert écrivit à Tourguéniev le 24 (ou 31) mars 1863 : « ... ce qui domine toute cette œuvre et même tout le volume, ce sont ces deux lignes : " Je n'éprouvais pour mon père aucun sentiment mauvais. Au contraire, il avait encore grandi, pour ainsi dire, à mes yeux. " Cela me semble d'une profondeur effrayante. Sera-ce remarqué ? Je n'en sais rien. Mais, pour moi, voilà du sublime. »

Peter BRANG

BIBLIOGRAPHIE SOMMAIRE

Meilleure édition russe : I. S. TOURGUÉNIEV, Polnoïé sobranié sotchiniénii i pisem, 28 vol., Sotchiniénija, vol. IX, Moscou-Leningrad, 1965, pp. 7-76 ; 2ᵉ éd. vol VI, Moscou, 1981, pp. 301-364.

Traductions françaises :

Nouvelles Scènes de la vie russe, Eléna, Un premier amour, par Ivan Tourguéneff. Traduction de H. Delaveau. Paris, E. Dentu, 1863, pp. 297-428 ; 2ᵉ éd Paris, Hachette, 1906.

Premier Amour. Traduit du russe par E. Halpérine-Kaminsky. Paris, Flammarion, 1889 (= t. 109 des Auteurs célèbres).

Pages choisies des grands écrivains : Tourguéneff. Avec une introduction par R. Candiani. Paris, A. Colin, 1900, 313 p. (entre autres : *Premier Amour*) ; 2ᵉ éd., 1922.

Premier Amour. Traduction par J. Schiffrin et C. Monnin. Paris, La Pléiade, 1924, 149 p.

Premier Amour et autres, traduit du russe par E. Halpérine-Kaminsky. Paris, Rouff, 1926, 48 p., ill. (= Nouvelle Collection Nationale n° 49).

Femmes russes, traduit du russe par E. Halpérine-Kaminsky. Paris, Plon, 1933, 252 p. *(Premier Amour, Faust. Le Médecin du district.)*

Premier Amour, traduction de Michel Rostislav Hoffmann. Genève, Les Editeurs du Chêne, 1947.

Premier Amour, suivi de *L'Auberge de Grand Chemin* et de *L'Antchar.* Préface d'Edith Scherrer. Paris, Le Livre de Poche, 1972.

Etudes et textes relatifs à Tourguéniev (en français, en anglais et en allemand) :

E. HALPÉRINE-KAMINSKY. — *Ivan Tourguéneff d'après sa correspondance* (avec ses amis de France). Paris, 1901.

André MAUROIS. — *Tourguéniev.* Paris, Grasset, 1931.

E. SEMENOFF. — *La Vie douloureuse d'Ivan Tourgueneff,* avec des lettres inédites de Tourgueneff à sa fille. Paris, Mercure de France, 1933.

Henri GRANJARD. — *Ivan Tourguénev et les courants politiques et sociaux de son temps.* Institut d'Etudes Slaves, Paris, 1954, 2e édition, 1966.

André MAZON. — *Manuscrits parisiens d'Ivan Tourguénev.* Notices et extraits. Paris, 1930.

Gustave FLAUBERT. — *Lettres inédites à Tourgueneff.* Présentation et notes par Gérard Gailly. Edition du Rocher, Monaco, 1946.

Maurice PARTURIER. — *Une amitié littéraire.* Prosper Mérimée et Ivan Tourguéniev. Paris, Hachette, 1952.

Henri GRANJARD. — *Ivan Tourguénev, la comtesse Lambert et « Nid de seigneurs ».* Bibliothèque russe de l'Institut d'Etudes Slaves, Paris, 1960.

Ivan TOURGUÉNEV. — *Lettres inédites à Pauline Viardot et à sa famille.* Ed. établie par H. Granjard et A. Zviguilsky. Préface de H. Granjard. Lausanne, Edition L'Age d'Homme, 1972.

Ivan TOURGUÉNEV. — *Nouvelle correspondance inédite.* Tomes I-II. Textes recueillis, annotés et précédés d'une introduction par A. Zviguilsky. Paris, Libr. des Cinq Continents, 1971-1972.

Edward GARNETT. — *Turgenev.* With an Introduction by Joseph Conrad. London, 1917.

Avrahm YARMOLINSKY. — *Turgenev. The Man, his Art and his Age.* London, 1926 (completely revised : 1959).

Richard FREEBORN. — *The Novelist's Novelist. Turgenev. A Study.* Oxford, 1960.

Henri GRANJARD (éd). — *Quelques lettres d'Ivan Tourguénev à Pauline Viardot.* Paris-La Haye, Mouton, 1974.

Peter BRANG. — *I. S. Turgenev. Sein Leben und sein Werk.* Wiesbaden, Harrassowitz, 1977.

Leonard SCHAPIRO. — *Turgenev. His Life and Times.* Oxford, 1978.

Cahiers Ivan Tourguéniev, Pauline Viardot, Maria Mallbran. Ed. par A. Zviguilsky, Paris, n° 1 (1977), n° 7 (1983).

Henri TROYAT. — *Tourguéniev,* Paris, Flammarion, 1985.

PREMIER· AMOUR

Les invités avaient pris congé depuis longtemps. L'horloge venait de sonner la demie
de minuit. Seuls, notre amphitryon, Serge
Nicolaïévitch et Vladimir Pétrovitch res-
taient encore au salon.

Notre ami sonna et fit emporter les reliefs
du repas.

— Nous sommes bien d'accord, messieurs,
fit-il en s'enfonçant dans son fauteuil et en
allumant un cigare, chacun de nous a promis de raconter l'histoire de son premier
amour. A vous le dé, Serge Nicolaïévitch.

L'interpellé, un petit homme blond au
visage bouffi, regarda l'hôte, puis leva les
yeux au plafond.

— Je n'ai pas eu de premier amour,
déclara-t-il enfin. J'ai commencé directe-
ment par le second.

— Comment cela ?

— Tout simplement. Je devais avoir dix-

huit ans environ quand je m'avisai pour la
première fois de faire un brin de cour à une
jeune fille, ma foi fort mignonne, mais je me
suis comporté comme si la chose ne m'était
pas nouvelle : exactement comme j'ai fait
plus tard avec les autres. Pour être franc,
mon premier — et mon dernier — amour
remonte à l'époque où j'avais six ans. L'objet de ma flamme était la bonne qui s'occupait de moi. Cela remonte loin, comme vous
le voyez, et le détail de nos relations s'est
effacé de ma mémoire. D'ailleurs, même si
je m'en souvenais, qui donc cela pourrait-il
intéresser ?

— Qu'allons-nous faire alors ? se lamenta
notre hôte... Mon premier amour n'a rien
de très passionnant, non plus. Je n'ai jamais
aimé avant de rencontrer Anna Ivanovna,
ma femme. Tout s'est passé le plus naturellement du monde : nos pères nous ont fian-
cés, nous ne tardâmes pas à éprouver une
inclination mutuelle et nous nous sommes
mariés vite. Toute mon histoire tient en
deux mots. A vrai dire, messieurs, en mettant la question sur le tapis, c'est sur vous
que j'ai compté, vous autres, jeunes célibataires... A moins que Vladimir Pétrovitch ne
nous raconte quelque chose d'amusant...

— Le fait est que mon premier amour n'a
pas été un amour banal, répondit Vladimir
Pétrovitch après une courte hésitation.

C'était un homme d'une quarantaine d'an-

nées, aux cheveux noirs, légèrement mêlés
d'argent.

— Ah! Ah! Tant mieux!... Allez-y! On
vous écoute!

— Eh bien voilà... Ou plutôt non, je ne
vous raconterai rien, car je suis un piètre
conteur et mes récits sont généralement secs
et courts ou longs et faux... Si vous n'y
voyez pas d'inconvénient, je vais consigner
tous mes souvenirs dans un cahier et vous
les lire ensuite.

Les autres ne voulurent rien savoir, pour
commencer, mais Vladimir Pétrovitch finit
par les convaincre. Quinze jours plus tard,
ils se réunissaient de nouveau et promesse
était tenue.

Voici ce qu'il avait noté dans son cahier :

I

J'avais alors seize ans. Cela se passait au cours de l'été 1833.

J'étais chez mes parents, à Moscou. Ils avaient loué une villa près de la porte Kalougski, en face du jardin Neskoutchny. Je me préparais à l'université, mais travaillais peu et sans me presser.

Point d'entraves à ma liberté : j'avais le droit de faire tout ce que bon me semblait, surtout depuis que je m'étais séparé de mon dernier précepteur, un Français qui n'avait jamais pu se faire à l'idée d'être tombé en Russie *comme une bombe** et passait ses journées étendu sur son lit avec une expression exaspérée.

Mon père me traitait avec une tendre indifférence; ma mère ne faisait presque pas attention à moi, bien que je fusse son unique enfant : elle était absorbée par des soucis d'une autre sorte.

* En français dans le texte.

Mon père, jeune et beau garçon, avait fait un mariage de raison. Ma mère, de dix ans plus vieille que lui, avait eu une existence fort triste : toujours inquiète, jalouse, taciturne, elle n'osait pas se trahir en présence de son mari qu'elle craignait beaucoup... Et lui, affectait une sévérité froide et distante... Jamais je n'ai rencontré d'homme plus posé, plus calme et plus autoritaire que lui.

Je me souviendrai toujours des premières semaines que j'ai passées à la villa. Il faisait un temps superbe. Nous nous étions installés le 9 mai, jour de la Saint-Nicolas. J'allais me promener dans notre parc, au Neskoutchny, ou de l'autre côté de la porte de Kalougski ; j'emportais un cours quelconque — celui de Kaïdanov, par exemple — mais ne l'ouvrais que rarement, passant la plus claire partie de mon temps à déclamer des vers dont je savais un grand nombre par cœur. Mon sang s'agitait, mon cœur se lamentait avec une gaieté douce ; j'attendais quelque chose, effrayé de je ne sais quoi, toujours intrigué et prêt à tout. Mon imagination se jouait et tourbillonnait autour des mêmes idées fixes, comme les martinets, à l'aube, autour du clocher. Je devenais rêveur, mélancolique ; parfois même, je versais des larmes. Mais à travers tout cela, perçait, comme l'herbe au printemps, une vie jeune et bouillante.

J'avais un cheval. Je le sellais moi-même

et m'en allais très loin, tout seul, au galop.
Tantôt je croyais être un chevalier entrant
dans la lice — et le vent sifflait si joyeuse-
ment à mes oreilles! — tantôt, je levais mon
visage au ciel, et mon âme large ouverte se
pénétrait de sa lumière éclatante et de son
azur.

Pas une image de femme, pas un fantôme
d'amour ne s'était encore présenté nettement
à mon esprit; mais dans tout ce que je pensais, dans tout ce que je sentais, il se cachait
un pressentiment à moitié conscient et plein
de réticences, la prescience de quelque chose
d'inédit, d'infiniment doux et de féminin...

Et cette attente s'emparait de tout mon
être : je la respirais, elle coulait dans mes
veines, dans chaque goutte de mon sang...
Elle devait se combler bientôt.

Notre villa comprenait un bâtiment central, en bois, avec une colonnade, flanquée
de deux ailes basses; l'aile gauche abritait
une minuscule manufacture de papiers
peints... Je m'y rendais souvent. Une dizaine
de gamins maigrichons, les cheveux hirsutes
le visage déjà marqué par l'alcool, vêtus de
cottes graisseuses, sautaient sur des leviers
de bois qui commandaient les blocs de
presses carrées. De cette manière, le poids
de leur corps débile imprimait les arabesques
multicolores du papier peint. L'aile droite,
inoccupée, était à louer.

Un beau jour, environ trois semaines

après notre arrivée, les volets des fenêtres s'y ouvrirent bruyamment, j'aperçus des visages de femmes — nous avions des voisins. Je me rappelle que le soir même, pendant le dîner, ma mère demanda au majordome qui étaient les nouveaux arrivants. En entendant le nom de la princesse Zassekine, elle répéta d'abord, avec vénération : « Ah! une princesse », puis elle ajouta : « Pour sûr, quelque pauvresse. »

— Ces dames sont arrivées avec trois fiacres, observa le domestique, en servant respectueusement le plat. Elles n'ont pas d'équipage, et quant à leur mobilier, il vaut deux fois rien.

— Oui, mais j'aime tout de même mieux cela, répliqua ma mère.

Mon père la regarda froidement et elle se tut.

Effectivement, la princesse Zassekine ne pouvait pas être une personne aisée : le pavillon qu'elle avait loué était si vétuste, petit et bas que même des gens de peu de fortune auraient refusé d'y loger. Pour ma part, je ne fis aucune attention à ces propos. D'autant plus que le titre de princesse ne pouvait pas me produire la moindre impression, car je venais précisément de lire *Les Brigands* [1], de Schiller.

II

J'avais contracté l'habitude d'errer chaque soir à travers les allées de notre parc, un fusil sous le bras, guettant les corbeaux. De tout temps, j'ai haï profondément ces bêtes voraces, prudentes et malignes. Ce soir-là, descendu au jardin, comme de coutume, je venais de parcourir vainement toutes les allées : les corbeaux m'avaient reconnu et leurs croassements stridents ne me parvenaient plus que de très loin. Guidé par le hasard, je m'approchai de la palissade basse séparant *notre* domaine de l'étroite bande jardinée qui s'étendait à droite de l'aile et en dépendait.

Je marchais, tête baissée, lorsque je crus entendre un bruit de voix; je jetai un coup d'œil par-dessus la palissade, et m'arrêtai stupéfait... Un spectacle étrange s'offrait à mes regards.

A quelques pas devant moi, sur une pelouse bordée de framboisiers verts, se

tenait une jeune fille, grande et élancée,
vêtue d'une robe rose à raies et coiffée d'un
petit fichu blanc; quatre jeunes gens faisaient cercle autour d'elle, et elle les frap-
pait au front, à tour de rôle, avec une de
ces fleurs grises dont le nom m'échappe,
mais que les enfants connaissent bien : elles
forment de petits sachets qui éclatent avec
bruit quand on leur fait heurter quelque
chose de dur. Les victimes offraient leur front
avec un tel empressement, et il y avait tant
de charme, de tendresse impérative et mo-
queuse, de grâce et d'élégance dans les mou-
vements de la jeune fille (elle m'apparaissait
de biais), que je faillis pousser un cri de surprise et de ravissement... J'aurais donné tout
au monde pour que ces doigts adorables me
frappassent aussi.

Mon fusil glissa dans l'herbe; j'avais tout
oublié et dévorais des yeux cette taille svelte,
ce petit cou, ces jolies mains, ces cheveux
blonds légèrement ébouriffés sous le fichu
blanc, cet œil intelligent à moitié clos, ces
cils et cette joue veloutée...

— Dites donc, jeune homme, croyez-vous
qu'il soit permis de dévisager de la sorte des
demoiselles que vous ne connaissez pas ? fit
soudain une voix, tout contre moi.

Je tressaillis et restai interdit... Un jeune
homme aux cheveux noirs coupés très court
me toisait d'un air ironique, de l'autre côté
de la palissade. Au même instant, la jeune

fille se tourna également de mon côté...
J'aperçus de grands yeux gris, sur un visage
mobile qu'agita tout à coup un léger tremblement, et le rire, d'abord contenu, fusa,
sonore, découvrant ses dents blanches et
arquant curieusement les sourcils de la jeune
personne... Je rougis piteusement, ramassai
mon fusil et m'enfuis à toutes jambes, pour-
suivi par les éclats de rire. Arrivé dans ma
chambre, je me jetai sur le lit et me cachai
le visage dans les mains. Mon cœur battait
comme un fou; je me sentais confus et
joyeux, en proie à un trouble comme je n'en
avais jamais encore éprouvé.

Après m'être reposé, je me peignai, bros-
sai mes vêtements et descendis prendre le
thé. L'image de la jeune fille flottait devant
moi; mon cœur s'était assagi, mais se serrait
délicieusement.

— Qu'as-tu donc ? me demanda brusquement mon père. Tu as tué un corbeau ?

J'eus envie de tout lui raconter, mais je me
retins et me contentai de sourire à part moi.
Au moment de me coucher, je fis trois
pirouettes sur un pied — sans savoir pourquoi — et me pommadai les cheveux. Je dor-
mis comme une souche. Peu avant le petit
jour, je me réveillai un instant, soulevai la
tête, regardai autour de moi, plein de félicité — et me rendormis.

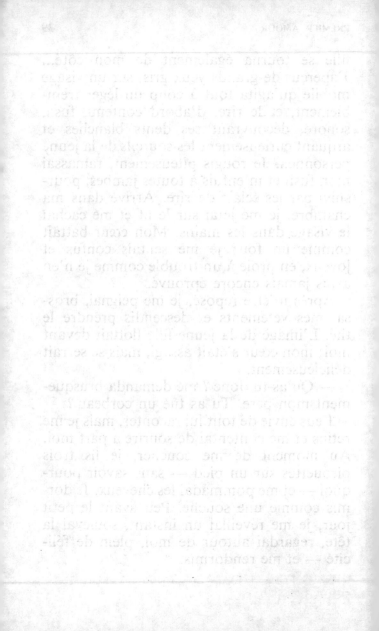

III

« Comment m'y prendre pour faire leur connaissance ? » Telle fut ma première pensée en me réveillant.

Je descendis au jardin avant le thé, mais évitai de m'approcher trop près de la palissade et n'aperçus âme qui vive.

Après le thé, je passai et repassai plusieurs fois devant *leur* pavillon et essayai de percer de loin le secret des croisées... A un moment donné, je crus deviner un visage derrière le rideau et m'éloignai précipitamment.

« Il faut tout de même bien que je fasse sa connaissance, me disais-je, en me promenant sans but dans la plaine sablonneuse qui s'étend devant Neskoutchny. Mais comment ? Voilà le problème. » J'évoquais les moindres détails de notre rencontre de la veille; de toute l'aventure, c'était son rire qui m'avait frappé le plus, je ne savais pourquoi...

Pendant que je m'exaltais et imaginais toutes sortes de plans, le destin avait déjà pris soin de moi...

Pendant mon absence, ma mère avait reçu une lettre de notre voisine. Le message était écrit sur un papier gris très ordinaire et cacheté avec de la cire brune, comme on n'en trouve généralement que dans les bureaux de poste ou sur les bouchons des vins de qualité inférieure. Dans cette lettre, où la négligence de la syntaxe ne le cédait en rien à celle de l'écriture, la princesse demandait à ma mère de lui accorder aide et protection. Ma mère, selon notre voisine, était intimement liée avec des personnages influents, dont dépendait le sort de la princesse et de ses enfants, car elle était engagée dans de gros procès :

« Je m'adresse à vou, écrivait-elle, come une fame noble à une autre fame noble, et d'autre part, il met agréable de profité de ce asart... » Pour conclure, ma princesse sollicitait l'autorisation de venir rendre visite à ma mère.

Cette dernière se montra fort ennuyée : mon père était absent et elle ne savait à qui demander conseil. Bien entendu, il n'était pas question de laisser sans réponse la missive de la « fame noble » — une princesse par-dessus le marché! Mais que faire! il semblait déplacé d'écrire un mot en français, et l'orthographe russe de ma mère était plutôt boiteuse; elle le savait et ne voulait pas se compromettre.

Mon retour tombait à pic. Maman me demanda de me rendre incontinent chez la princesse et de lui expliquer que l'on serait toujours heureux, dans la mesure du possible, de rendre service à Son Altesse et enchantés de la recevoir entre midi et une heure. La réalisation soudaine de mon désir voilé me remplit de joie et d'appréhension. Cependant, je n'en laissai rien voir et, avant d'accomplir la mission, montai dans ma chambre afin de passer une cravate neuve et ma petite redingote. A la maison, l'on me faisait porter encore veste courte et col rabattu, malgré mes protestations.

IV

Je pénétrai dans le vestibule étroit et mal tenu, sans réussir à maîtriser un tremblement involontaire, et croisai un vieux domestique chenu, dont le visage était couleur de bronze et les yeux mornes et petits, comme ceux d'un porc. Son front et ses tempes étaient burinés de rides profondes, comme je n'en avais encore jamais vu. Il portait un squelette de hareng sur une assiette. En m'apercevant, il repoussa du pied la porte qui donnait dans l'autre pièce et me demanda d'une voix brusque :

— Que désirez-vous ?

— Est-ce que la princesse Zassékine est chez elle ? m'informai-je.

— Boniface ! cria derrière la porte une voix de femme éraillée.

Le domestique me tourna silencieusement le dos, offrit à mes regards une livrée fortement usée sur les omoplates, dont l'unique bouton, tout couvert de rouille, était frappé

aux armes de la princesse, posa l'assiette sur
le carreau et me laissa seul.

— Es-tu allé au commissariat ? reprit la
même voix.

Le domestique marmotta quelque chose.

— Tu dis... qu'il y a quelqu'un ?... Le fils
du patron d'à côté ?... Fais-le entrer!

— Veuillez entrer au salon, fit le domestique en réapparaissant devant moi et en
ramassant son assiette.

Je rectifiai rapidement ma tenue et passai
au « salon ».

J'étais dans une petite pièce pas très
propre, meublée pauvrement et à la hâte.
Une femme, âgée d'une cinquantaine d'années, nu-tête, se tenait assise dans un fauteuil aux bras cassés, près de la fenêtre. Elle
portait une vieille robe de couleur verte et
un fichu bariolé, en poil de chameau, autour
du cou. Elle me dévorait littéralement de
ses petits yeux noirs.

Je m'approchai d'elle et la saluai.

— Ai-je l'honneur de parler à la princesse
Zassekine ?

— Oui, c'est moi. Et vous êtes le fils
de M. V... ?

— Oui, princesse. Ma mère m'a chargé
d'une commission pour vous.

— Asseyez-vous donc, je vous en prie...
Boniface!... Où sont mes clefs ?... Est-ce
que tu ne les as pas vues ?

Je rapportai la réponse de ma mère à mon

interlocutrice. Elle m'écouta en tambouri-
nant sur la vitre avec ses gros doigts rouges
et, quand j'eus fini de parler, me dévisagea
de nouveau.

— Très bien. Je viendrai sans faute, dit-
elle enfin. Comme vous êtes jeune! Quel âge
avez-vous, s'il n'est pas indiscret de vous le
demander ?

— Seize ans, répondis-je avec une involontaire hésitation.

La princesse tira de sa poche quelques
papiers graisseux et gribouillés, les porta
tout contre son nez et se mit à les déchiffrer.

— Le bel âge, émit-elle soudain, en se
tournant vers moi et en remuant sa chaise.
Je vous en prie, pas de cérémonies, chez
moi tout est simple.

« Et trop fruste », ajoutai-je à part moi,
en jetant un coup d'œil dégoûté sur toute sa
silhouette malpropre.

A cet instant précis, une autre porte s'ouvrit, et la jeune fille de la veille apparut sur
le seuil. Elle leva la main et un sourire
moqueur éclaira son visage.

— C'est ma fille, dit la princesse, en la
désignant du coude. Zinotchka, c'est le fils
de notre voisin, M. V... Comment vous
appelez-vous, jeune homme ?

— Vladimir, balbutiai-je, plein de confusion, en me levant précipitamment.

— Et votre patronyme est ?
— Pétrovitch.

— Tiens! J'ai connu un commissaire de
police qui s'appelait également Vladimir
Pétrovitch. Boniface, ne cherche plus les
clefs : je les ai dans ma poche.

La jeune fille me dévisageait toujours du
même air moqueur, en clignant légèrement
les yeux et la tête un peu penchée de côté.

— Je vous ai déjà vu, monsieur Voldémar,
commença-t-elle (le son de sa voix d'argent
me fit tressaillir d'un doux frisson)... Vous
voulez bien que je vous appelle ainsi,
n'est-ce pas ?

— Mais comment donc, balbutiai-je à
peine.

— Où ça ? demanda la princesse.

La jeune fille ne lui répondit rien.

— Avez-vous une minute de libre ? m'in-
terrogea-t-elle de nouveau.

— Oui, mademoiselle.

— Voulez-vous m'aider à dévider cette
pelote de laine ? Venez par ici, dans ma
chambre.

Elle sortit du « salon » avec un signe de
tête. Je lui emboîtai le pas...

L'ameublement de la pièce où nous étions
entrés était un peu mieux assorti et disposé
avec plus de goût qu'au « salon ».

Mais, pour être tout à fait franc, c'est à
peine si je m'en doutais : je marchais comme
un somnambule et ressentais dans tout mon
être une sorte de transport joyeux frisant la
sottise.

La jeune princesse prit une chaise, cher-
cha un écheveau de laine rouge, le dénoua
soigneusement, m'indiqua un siège en face
d'elle, et me mit la laine sur les mains
tendues.

Il y avait dans tous ses gestes une ~~teur~~
amusante; le même sourire, clair et espiègle,
errait au coin de ses lèvres entrouvertes.
Elle commença à enrouler la laine sur un
carton plié en deux et m'illumina tout soudain d'un regard si rapide et rayonnant que
je baissai les yeux malgré moi. Lorsque ses
yeux, généralement à moitié clos, s'ou-
vraient de toute leur immensité, son visage
se transfigurait instantanément, inondé d'un
rais de soleil.

Qu'avez-vous pensé de moi hier,
m'sieur Voldémar? me demanda-t-elle au
bout de quelque temps. Je gage que vous
m'avez sévèrement jugée.

— Moi... princesse... je n'ai rien pensé du
tout... comment pourrais-je me permettre
de... balbutiai-je tout désemparé.

— Ecoutez-moi bien, reprit-elle. Vous ne
me connaissez pas encore. Je suis une lunatique. Vous avez seize ans, n'est-ce pas?
Moi, j'en ai vingt et un... Je suis beaucoup
plus vieille que vous; par conséquent, vous
devez toujours me dire la vérité... et m'obéir;
ajouta-t-elle. Allons, regardez-moi bien en

face... Pourquoi baissez-vous tout le temps
les yeux ?

Mon trouble s'accrut de plus belle, cependant, je levai la tête. Elle souriait encore,
mais d'un autre sourire, d'un sourire où il y
avait de l'approbation.

— Regardez-moi bien, fit-elle en baissant
la voix avec une intonation câline... Cela ne
m'est pas désagréable... Votre mine me
revient et je sens que nous allons devenir
de grands amis... Et moi, est-ce que je vous
plais, conclut-elle, insidieuse.

— Princesse... commençai-je.

— D'abord, appelez-moi Zinaïda Alexandrovna... Ensuite, qu'est-ce que c'est que
cette habitude qu'ont les enfants — elle se
reprit — je veux dire les jeunes gens de
cacher leurs vrais sentiments ? C'est bon
pour les grandes personnes. N'est-ce pas
que je vous plais ?

J'aimais, certes, sa franchise, mais n'en
fus pas moins légèrement offusqué. Afin de
lui faire voir qu'elle n'avait pas affaire à un
enfant, je pris — autant que cela me fut
possible — un air grave et désinvolte :

— Mais oui, vous me plaisez beaucoup,
Zinaïda Alexandrovna et je ne veux point
le cacher.

Elle secoua doucement la tête.

— Avez-vous un précepteur, me demanda-
t-elle à brûle-pourpoint.

— Non, je n'en ai plus, et depuis longtemps.

Je mentais grossièrement : un mois à peine
s'était écoulé depuis le départ du Français.

— Oh! mais alors vous êtes tout à fait
une grande personne!

Elle me donna une légère tape sur les
doigts.

— Tenez vos mains droites!

Et elle se remit à enrouler la laine avec
application.

Je profitai qu'elle eût baissé les yeux et
l'examinai, d'abord à la dérobée, puis de
plus en plus hardiment. Son visage me parut
encore plus charmant que la veille : tout en
lui était fin, intelligent et attrayant. Elle
tournait le dos à la fenêtre voilée d'un rideau
blanc; un rais de soleil filtrait à travers le
tissu et inondait de lumière ses cheveux flous
et dorés, son cou innocent, l'arrondi de ses
épaules, sa poitrine tendre et sereine. Je la
contemplais et qu'elle me devenait chère et
proche! J'avais l'impression de la connaître
depuis longtemps et de n'avoir rien su, rien
vécu avant de l'avoir vue... Elle portait une
robe de couleur sombre, assez usée, et un
tablier. Et j'aurais voulu caresser doucement
chaque pli de ses vêtements. Je suis en face
d'elle, nous avons fait connaissance. —
Les bouts de ses petits pieds dépassaient,
espiègles, sous la jupe, et j'aurais voulu les

adorer à genoux... quel bonheur, mon Dieu!
me disais-je. Je faillis sauter de joie, mais
réussis à me contenir et balançai seulement
les jambes, comme un enfant qui déguste
son dessert.

J'étais heureux comme poisson dans l'eau
et, s'il n'avait tenu qu'à moi, je n'aurais
jamais quitté cette pièce.

Ses paupières se relevèrent délicatement;
les yeux clairs brillèrent d'un doux éclat et
elle me sourit de nouveau.

— Comme vous me regardez, fit-elle lentement en me menaçant du doigt.

Je devins cramoisi... « Elle se doute de
tout, elle voit tout », me dis-je tragique-
ment. « D'ailleurs, pourrait-il en être autrement ? »

Subitement, un bruit dans la pièce conti-
guë, le cliquetis d'un sabre.

— Zina! cria la princesse. Belovzorov t'a
apporté un petit chat!

— Un petit chat! s'exclama Zinaïda.

Elle se leva d'un bond, me jeta l'écheveau
sur les genoux et sortit précipitamment.

Je me levai également, posai la laine sur
le rebord de la fenêtre, passai au salon et
m'arrêtai, stupéfait sur le pas de la porte.
Un petit chat tigré était couché au milieu de
la pièce, les pattes écartées; à genoux devant
lui, Zinaïda lui soulevait le museau avec
précaution. A côté de sa mère, entre les deux
croisées, se tenait un jeune hussard, beau

garçon, les cheveux blonds et bouclés, le teint rose, les yeux saillants.

— Qu'il est drôle! répétait Zinaïda, mais ses yeux ne sont pas du tout gris, ils sont verts... et comme il a de grandes oreilles!... Merci, Victor Egorovitch... Vous êtes un amour.

Le hussard, en qui j'avais reconnu l'un des jeunes gens de la veille, sourit et s'inclina en faisant sonner ses éperons et la bélière de son sabre.

— Hier, vous exprimâtes le désir d'avoir un petit chat tigré à longues oreilles. Vos désirs sont des ordres!

Il s'inclina de nouveau.

Le petit chat miaula faiblement et se mit à explorer le plancher du bout de son museau.

— Oh, il a faim! s'écria Zinaïda... Boni face!... Sonia! Vite, du lait!

Une bonne, qui portait une vieille robe jaune et un foulard décoloré autour du cou, entra dans la pièce, apportant une soucoupe de lait qu'elle déposa devant la petite bête. Le chat frissonna, ferma les yeux et commença de laper.

— Comme sa langue est petite et toute rouge, observa Zinaïda en baissant la tête presque au niveau du museau.

Le petit chat, repu, fit ronron. Zinaïda se releva et ordonna à la bonne de l'emporter, d'un ton parfaitement indifférent.

— Votre main, pour le petit chat, sourit le hussard en cambrant son corps d'athlète sanglé dans un uniforme flambant neuf.

— Les deux! répondit Zinaïda.

Pendant qu'il lui baisait les mains, elle me regarda par-dessus son épaule.

Je restais planté où j'étais, ne sachant pas trop si je devais rire, émettre une sentence ou me taire.

Tout à coup, j'aperçus par la porte entrouverte du vestibule, Théodore, notre domestique, qui me faisait des signes. Je sortis, machinalement.

— Que veux-tu? lui demandai-je.

— Votre maman m'envoie vous chercher, répondit-il à mi-voix... On vous en veut de n'être pas revenu apporter la réponse.

— Mais y a-t-il donc si longtemps que je suis ici?

— Plus d'une heure.

— Plus d'une heure! répétai-je malgré moi.

Il ne me restait plus qu'à rentrer au « salon » et prendre congé.

— Où allez-vous? me demanda la jeune princesse, en me fixant toujours par-dessus l'épaule du hussard.

— Il faut que je rentre... Je vais dire que vous avez promis de venir vers une heure, ajoutai-je en m'adressant à la matrone.

— C'est cela, jeune homme.

Elle sortit une tabatière et prisa si bruyamment que je sursautai.

— C'est cela, répéta-t-elle en clignant ses yeux larmoyants et geignant.

Je saluai encore une fois et quittai la pièce, gêné, comme tout adolescent qui sent qu'un regard est attaché à son dos.

— Revenez nous voir, m'sieur Voldémar! cria Zinaïda, en éclatant de rire de nouveau.

« Pourquoi rit-elle tout le temps ? » me demandais-je en rentrant en compagnie de Théodore. Le domestique marchait à quelques pas derrière et ne disait rien, mais je sentais qu'il me désapprouvait. Ma mère me gronda et se montra surprise que je me fusse tellement attardé chez la princesse. Je ne répondis rien et montai dans ma chambre.

Et tout soudain, je fus submergé par une immense vague de détresse... Je retenais mes larmes prêtes à couler... J'étais affreusement jaloux du hussard...

V

La princesse vint voir ma mère, comme elle l'avait promis. Elle lui déplut. Je n'assistai pas à l'entretien, mais, à table, maman déclara à mon père que cette princesse Zassekine lui avait produit l'impression « d'une femme bien vulgaire », qu'elle l'avait terriblement ennuyée avec ses sollicitations et ses prières d'intervenir auprès du prince Serge, qu'elle avait des procès en masse — « de vilaines affaires d'argent » — et devait être une grande chicanière. Néanmoins, ma mère ajouta qu'elle avait invité le lendemain, à dîner, la princesse avec sa fille (en entendant « et sa fille », je plongeai le nez dans mon assiette) et justifia cette invitation par le fait que c'était une voisine et « quelqu'un de la noblesse » par-dessus le marché. A cela, mon père répondit qu'il avait connu, dans sa jeunesse, le prince Zassekine, un homme très bien élevé, mais lunatique et sans cervelle. Ses amis l'appelaient « le Parisien »

parce qu'il avait fait un long séjour dans la
capitale française; extrêmement riche, puis
ruiné au jeu, il avait épousé — on ne sut
jamais pourquoi, peut-être pour sa dot —
la fille d'un magistrat (là-dessus mon père
ajouta qu'il aurait pu trouver mieux). Après
le mariage, s'étant mis à jouer à la Bourse,
il se serait définitivement ruiné.

— Pourvu qu'elle ne vienne pas m'em-
prunter de l'argent! soupira ma mère.

— Cela n'aurait rien de surprenant,
observa mon père, sans s'émouvoir. Sait-
elle parler français?

— Très mal.

— Hum... A vrai dire, cela n'a pas d'importance... Tu viens de dire, je crois, que
tu as invité sa fille avec elle. On m'a affirmé
que c'était une personne aimable et fort ins-
truite.

— Tiens!... Il faut croire qu'elle ne ressemble pas à sa mère! rétorqua maman.

— Ni à son père! Celui-là avait de l'éducation, mais était bête.

Ma mère soupira de nouveau et devint
songeuse. Mon père se tut. Je m'étais senti
terriblement gêné durant tout ce dialogue.

A l'issue du repas, je descendis au jardin,
mais sans fusil. Je m'étais juré de ne point
m'approcher de la « palissade des Zassekine », mais une force invisible m'y atti-
rait — et pour cause!

A peine y étais-je parvenu que j'aperçus
Zinaïda. Elle était seule, dans un sentier, un
livre à la main, pensive. Elle ne me remar-
qua pas.

Je faillis la laisser passer, puis, me repre-
nant au dernier moment, je toussotai.

Elle se retourna, mais sans s'arrêter, écarta
de la main le large ruban d'azur de sa capeline, me dévisagea, sourit doucement et
reprit sa lecture.

J'ôtai ma casquette et m'éloignai, le cœur
gros, après quelques instants d'hésitation.

« Que suis-je pour elle ? » me dis-je en
français   je ne sais pourquoi.

Un pas familier résonna derrière mon dos ;
c'était mon père qui me rejoignait de sa
démarche légère et rapide.

— C'est cela, la jeune princesse ? me
demanda-t-il.

— Oui, c'est elle.

— Tu la connais donc ?

— Oui, je l'ai vue ce matin chez sa mère.

Mon père s'arrêta net, fit brusquement
demi-tour et rebroussa chemin. Parvenu au
niveau de la jeune fille, il la salua courtoise-
ment. Elle lui répondit avec une gentillesse
mêlée de surprise et lâcha son livre. Je
m'aperçus qu'elle suivait mon père du
regard.

Mon père était toujours vêtu avec beaucoup de recherche et de distinction, alliée
à une parfaite simplicité, mais jamais sa

taille ne m'avait paru aussi svelte, jamais son chapeau gris n'avait reposé avec plus d'élégance sur ses boucles à peine clairsemées.

Je me dirigeai vers Zinaïda, mais elle ne m'accorda pas même un regard, reprit son livre et s'éloigna.

VI

Je passai toute la soirée et toute la matinée du lendemain dans une sorte de torpeur mélancolique. J'essayai de me mettre au travail, ouvris le Kaïdanov [2], mais en vain : les larges strophes et les pages du célèbre manuel défilaient devant moi, sans franchir la barrière des yeux. Dix fois de suite, je relus cette phrase : « Jules César se distinguait par sa vaillance au combat. » — Je n'y comprenais goutte, aussi finis-je par renoncer. Avant le dîner, je repommadai mes cheveux, passai ma petite redingote et ma cravate neuve.

— A quoi bon ? me demanda ma mère... Tu n'es pas encore à la Faculté et Dieu sait si tu y seras un jour... D'ailleurs, on vient de te faire une veste et tu ne vas pas la quitter au bout de quelques jours.

— Mais... nous attendons des invités, balbutiai-je, la détresse au cœur.

— Oh, pour ce qu'ils valent !

Il fallait m'exécuter. Je remplaçai la petite redingote par la veste, mais je gardai ma cravate.

La princesse et sa fille se présentèrent avec une bonne demi-heure d'avance. La matrone avait mis un châle jaune par-dessus la robe verte que je connaissais déjà et portait, en outre, un bonnet démodé à rubans feu.

Dès l'abord, elle se mit à parler de ses lettres de charge, soupirant, se plaignant de sa misère, geignant à fendre le cœur et prisant son tabac aussi bruyamment que chez elle. Elle semblait avoir oublié son titre de princesse, remuait sur sa chaise, se tournait de tous les côtés et produisait sur ses hôtes un effet désastreux.

Zinaïda, au contraire, très fière et presque austère, se tenait comme une vraie princesse. Son visage était froid, immobile et grave : je ne la reconnaissais plus — ni son regard, ni son sourire, mais elle me semblait encore plus adorable sous ce nouveau jour.

Elle avait mis une robe légère, de basin, avec des arabesques bleu pâle; ses cheveux descendaient en longues boucles et encadraient son visage, à l'anglaise, et cette coiffure s'accordait à ravir avec l'expression froide de ses traits. — Mon père était assis à côté d'elle et lui parlait avec sa courtoisie raffinée et sereine. De temps en temps, il la fixait, et elle le dévisageait aussi avec une expression bizarre, presque hostile. Ils s'exprimaient en français et je me souviens d'avoir été frappé par la pureté impeccable de l'accent de la jeune fille.

Quant à la vieille princesse, elle se tenait toujours avec le même sans-gêne, mangeait pour quatre et faisait des compliments pour les plats qu'on lui servait.

Sa présence semblait importuner ma mère, qui répondait à toutes ses questions avec une sorte de dédain attristé; mon père avait, parfois, un froncement de sourcil, à peine perceptible.

Pas plus que la vieille princesse, Zinaïda n'eut l'heur de plaire à ma mère :

— Beaucoup trop fière, déclara-t-elle le jour suivant... Et il n'y a vraiment pas de quoi, avec sa mine de grisette.

— Tu n'as probablement jamais vu de grisettes, lui rétorqua mon père.

— Dieu m'en garde!... Je ne me porte pas plus mal pour cela!...

— Tu ne t'en portes pas plus mal, c'est certain... mais alors comment se fait-il que tu croies pouvoir les juger ?

Durant tout le repas, Zinaïda n'avait pas daigné faire la moindre attention à ma pauvre personne. Peu après le dessert, la matrone commença à faire ses adieux.

— Je compte sur votre protection, Maria Nicolaïévna et Piotr Vassiliévitch, fit-elle en s'adressant à mes parents d'une voix traî-

nante... Que voulez-vous ? Finis les beaux
jours! Je porte le titre de sérénissime, ajouta-
t-elle avec un ricanement désagréable, mais
à quoi cela m'avance-t-il, je vous le demande,
si j'ai l'estomac vide ?

Mon père la salua cérémonieusement et la
reconduisit jusqu'à la porte de l'antichambre.
Je me tenais à côté de lui, dans ma veste
étriquée, les yeux fixés au sol, comme un
condamné à mort. La façon dont Zinaïda
m'avait traité m'avait complètement anéanti.
Quel ne fut donc pas mon étonnement
lorsque, en passant devant moi, elle me souffla rapidement, le regard câlin : « Venez
chez nous à huit heures. Vous m'entendez,
venez sans faute »... J'ouvris les bras tout
grands, de stupéfaction, mais elle était déjà
partie, après avoir jeté un fichu blanc sur ses
cheveux.

VII

A huit heures précises, affublé de ma petite redingote et les cheveux en coque, je me présentais dans le vestibule du pavillon de la princesse. Le vieux majordome me dévisagea d'un œil morne et ne montra qu'un piètre empressement à se lever de sa banquette. Des voix joyeuses me parvenaient du salon. J'ouvris la porte et reculai, stupéfait. Zinaïda se tenait debout, sur une chaise, au beau milieu de la pièce, tenant un haut-de-forme; cinq hommes faisaient cercle autour d'elle, essayant de plonger la main dans le chapeau qu'elle soulevait toujours plus haut, en le secouant énergiquement.

Quand elle m'aperçut, elle s'écria aussitôt :

— Attendez, attendez! Voici un nouveau convive!... Il faut lui donner aussi un petit papier!

Et, quittant sa chaise d'un bond, elle s'approcha de moi et me tira par la manche :

— Venez donc!... Pourquoi restez-vous

là ? Mes amis, je vous présente M. Voldémar, le fils de notre voisin. Et ces messieurs que vous voyez sont : le comte Malevsky, le docteur Louchine, le poète Maïdanov, Nirmatzky, un capitaine en retraite, et Belovzorov, le hussard que vous avez déjà vu hier. J'espère que vous allez vous entendre avec eux.

Dans ma confusion, je n'avais salué personne. Le docteur Louchine n'était autre que l'homme brun qui m'avait infligé une si cuisante leçon, l'autre jour, au jardin. Je ne connaissais pas les autres.

— Comte ! reprit Zinaïda, préparez donc un petit papier pour M. Voldémar.

Le comte était un joli garçon, tiré à quatre épingles, avec des cheveux noirs, des yeux bruns très expressifs, un nez mince et une toute petite moustache, surmontant des lèvres minuscules.

— Cela n'est pas juste, objecta-t-il : monsieur n'a pas joué aux gages avec nous.

— Bien sûr, convinrent en chœur Belovzorov et celui qui m'avait été présenté comme un capitaine en retraite.

Agé de quelque quarante ans, le visage fortement marqué de petite vérole, il avait les cheveux frisés comme un Arabe, les épaules voûtées, les jambes arquées. Il portait un uniforme sans épaulettes et déboutonné.

— Faites le papier, puisque je vous l'ai dit, répéta la jeune fille... Qu'est-ce que c'est que cette mutinerie ? C'est la première fois que nous recevons M. Voldémar dans notre compagnie, et il ne sied pas de lui appliquer la loi avec trop de rigueur. Allons, ne ronchonnez pas. Ecrivez. Je le veux !

Le comte ébaucha un geste désapprobateur, mais baissa docilement la tête, prit une plume dans sa main blanche, aux doigts couverts de bagues, arracha un morceau de papier et se mit à écrire.

— Permettez au moins que nous expliquions le jeu à M. Voldémar, intervint Louchine, sarcastique... Car il a complètement perdu le nord... Voyez-vous, jeune homme, nous jouons aux gages : la princesse est à l'amende et celui qui tirera le bon numéro aura le droit de lui baiser la main. Vous avez saisi ?

Je lui jetai un vague coup d'œil, mais restai planté, immobile, perdu dans un rêve nébuleux. Zinaïda sauta de nouveau sur sa chaise et se remit à agiter le chapeau. Les autres se pressèrent autour d'elle et je fis comme eux.

— Maïdanov ! appela Zinaïda un grand jeune homme, au visage maigre, aux petits yeux de myope, avec des cheveux noirs et exagérément longs... Maïdanov, vous devriez faire acte de charité et céder votre petit papier à M. Voldémar, afin qu'il ait deux chances au lieu d'une.

Maïdanov fit un signe de tête négatif, et ce geste dispersa sa longue crinière.

Je plongeai ma main le dernier dans le chapeau, pris le billet, le dépliai... Oh! mon Dieu : un baiser! Je ne saurais vous dire ce que j'éprouvai en lisant ce mot.

— Un baiser! m'exclamai-je malgré moi.

— Bravo!... Il a gagné! applaudit la princesse... J'en suis ravie!

Elle descendit de la chaise et me regarda dans les yeux avec tant de douce clarté que mon cœur tressaillit.

— Et vous, êtes-vous content? me demanda-t-elle.

— Moi..., balbutiai-je.

— Vendez-moi votre billet, me chuchota Belovzorov. Je vous en donne cent roubles.

Je lui répondis en lui jetant un regard tellement indigné que Zinaïda applaudit et Louchine cria :

— Bien fait!

— Pourtant, poursuivit-il, en ma qualité de maître des cérémonies, je dois veiller à la stricte observance de toutes les règles. Monsieur Voldémar, mettez genou en terre : c'est le règlement.

Zinaïda s'arrêta en face de moi, en penchant la tête de côté, comme pour mieux me voir, et me tendit gravement la main. Je n'y voyais pas clair... Je voulus mettre un genou en terre, mais tombai à deux genoux et portai si maladroitement les lèvres à la main de la

jeune fille que son ongle m'égratigna le bout
du nez.

— Parfait! s'écria Louchine en m'aidant
à me relever.

On se remit à jouer aux gages. Zinaïda me
fit asseoir à côté d'elle.

Quelles amendes saugrenues n'inventait-
elle pas! Une fois, elle fit, elle-même, la
« statue » et, choisissant pour piédestal le
laid Nirmatzky, elle l'obligea à s'allonger
par terre et à cacher, de plus, son visage dans
sa poitrine.

Nous ne cessions de rire aux éclats. Tout
ce bruit, ce vacarme, cette joie tapageuse et
presque indécente, ces rapports inattendus
avec des personnes que je connaissais à
peine — tout cela me produisit une impression considérable, d'autant plus que l'éducation reçue avait fait de moi un ours, un
garçon sobre, bourgeois et très collet monté.
Je me sentais ivre sans avoir bu. Je riais et
criais plus fort que les autres, si bien que la
vieille princesse, qui recevait à côté un
homme de loi de la porte Iverskaïa [3], convo-
qué en consultation, se montra à la porte et
me regarda sévèrement.

Mais j'étais si parfaitement heureux qu'il
ne m'importait guère d'être ridicule ou mal
vu. Zinaïda continuait à me favoriser et me
gardait auprès d'elle. L'un des « pensums »
voulut que je restasse avec elle, sous un
châle, afin de lui confesser mon « secret ».

Nos deux visages se trouvèrent tout à coup isolés du reste du monde, enveloppés dans une obscurité étouffante, opaque, parfumée ; ses yeux brillaient comme deux étoiles dans cette pénombre ; ses lèvres entrouvertes exhalaient leur tiédeur, découvrant ses dents blanches ; ses cheveux me frôlaient, me brûlaient. Je me taisais. Elle me souriait d'un air énigmatique et moqueur. En fin de compte, elle me souffla :

— Eh bien ?

Las ! je ne pouvais que rougir, ricaner, me détourner en respirant péniblement.

Le jeu des gages finit par ennuyer, et l'on passa à celui de la ficelle. Mon Dieu, quelle ne fut pas ma joie quand elle me frappa fortement sur les doigts, pour me châtier d'un moment de distraction... Après cela, je feignis exprès d'être dans les nuages, mais elle ne me toucha plus les mains que je tendais et se contenta de me taquiner !

Que n'avons-nous pas imaginé au cours de cette soirée : piano, chants, danses, fête tzigane. On déguisa Nirmatzky en ours et lui fit boire de l'eau salée. Le comte Malevsky fit le prestidigitateur avec un jeu de cartes ; après quoi, ayant battu le jeu, il nous le distribua comme pour une partie de whist, mais en gardant tous les atouts. Là-dessus, Louchine annonça qu'il avait « l'honneur de l'en féliciter ». Maïdanov nous déclama des extraits de son dernier poème, « L'Assassin » (l'on était en plein romantisme). Il se proposait de le publier avec une couverture noire et le titre tiré en caractère rouge sang. Nous volâmes le chapeau de l'homme de loi et l'obligeâmes à nous exécuter une danse russe en guise de rançon. Le vieux Boniface fut obligé de s'affubler d'un bonnet de femme, tandis que Zinaïda se coiffait d'un chapeau d'homme... Et d'ailleurs je renonce à vous énumérer toutes les fantaisies qui nous passaient par la tête... Seul, Belovzorov se tenait renfrogné dans un coin et ne dissimulait pas sa mauvaise humeur... Par moments, ses yeux s'injectaient de sang; il devenait cramoisi et semblait prêt à se jeter au milieu de nous pour nous faire chavirer comme des quilles. Mais il suffisait que notre hôtesse le regardât sévèrement et le menaçât du doigt pour qu'il se retirât de nouveau dans sa solitude.

A la fin, nous étions à bout de souffle et la vieille princesse elle-même — qui nous avait déclaré tout à l'heure qu'elle était inlassable et que le vacarme le plus bruyant ne la dérangeait pas — s'avoua fatiguée.

Le souper fut servi passé onze heures. Il se composait d'un bout de fromage complètement desséché et de friands froids que je trouvai plus délicieux que tous les pâtés du monde. Il n'y avait qu'une seule bouteille de vin, et fort bizarre en vérité : elle était presque noire, avec un goulot évasé et contenait un

vin qui sentait la peinture à l'huile. Personne
n'en prit.

Je pris congé, heureux et las. En me disant
adieu, Zinaïda me serra de nouveau la main
très fort et avec un sourire énigmatique.

Le souffle lourd et moite de la nuit fouettait mes joues en feu. L'air était à l'orage.
Des nuages sombres s'amoncelaient au ciel,
se déplaçaient lentement, modifiant à vue
d'œil leurs contours fugaces. Une brise
légère faisait frémir d'inquiétude les arbres
noirs. Quelque part au loin, le tonnerre grondait, sourd et courroucé.

Je me faufilai dans ma chambre par l'entrée de service. Mon domestique dormait
sur le parquet, et il me fallut l'enjamber. Il
se réveilla, m'aperçut et m'annonça que ma
mère très en colère contre moi avait voulu
envoyer me chercher, mais mon père l'avait
retenue.

Je ne me couchais jamais avant d'avoir
souhaité une bonne nuit à maman et
demandé sa bénédiction. Ce soir-là, il était
manifestement trop tard.

Je déclarai au domestique que j'étais parfaitement capable de me déshabiller et de
me coucher seul et soufflai ma chandelle.

En réalité, je m'assis sur une chaise et
restai longtemps immobile, comme sous l'effet d'un charme. Ce que j'éprouvais était si
neuf, si doux... Je ne bougeais pas, regardant
à peine autour de moi, la respiration lente.

Tantôt, je riais tout bas en évoquant un souvenir récent, tantôt je frémissais en songeant que j'étais amoureux et que c'était bien cela, l'amour. Le beau visage de Zinaïda surgissait devant mes yeux, dans l'obscurité, flottait doucement, se déplaçait, mais sans disparaître. Ses lèvres ébauchaient le même sourire énigmatique, ses yeux me regardaient, légèrement à la dérobée, interrogateurs, pensifs et câlins... comme à l'instant des adieux. En fin de compte, je me levai, marchai jusqu'à mon lit, sur la pointe des pieds, en évitant tout mouvement brusqué, comme pour ne pas brouiller l'image, et posai ma tête sur l'oreiller, sans me dévêtir...

Puis, je me couchai, mais sans fermer les yeux et m'aperçus bientôt qu'une pâle clarté pénétrait dans ma chambre. Je me soulevai pour jeter un coup d'œil à travers la croisée. Le cadre de la fenêtre se détachait nettement des vitres qui avaient un éclat mystérieux et blanchâtre. « C'est l'orage », me dis-je. C'en était un effectivement, mais tellement distant qu'on n'entendait même pas le bruit du tonnerre. Seuls, de longs éclairs blêmes zigzaguaient au ciel, sans éclater et en frissonnant comme l'aile d'un grand oiseau blessé...

Je me levai et m'approchai de la croisée. J'y restai jusqu'au petit jour... Les éclairs balafraient le firmament — une vraie nuit de Walpurgis... Immobile et muet, je contemplais l'étendue sablonneuse, la masse sombre

du jardin Neskoutchny, les façades jaunâtres
des maisons, qui semblaient tressaillir aussi
à chaque éclair.

Je contemplais ce tableau et ne pouvais en
détacher mon regard : ces éclairs muets et
discrets s'accordaient parfaitement aux élans
secrets de mon âme.

L'aube commençait à poindre, en taches
écarlates. Les éclairs pâlissaient et se raccourcissaient à l'approche du soleil. Leur
frisson se faisait de plus en plus espacé : ils
disparurent enfin, submergés par la lumière
sereine et franche du jour naissant...

Et dans mon âme aussi, l'orage se tut,
j'éprouvais une lassitude infinie et un grand
apaisement... mais l'image triomphante de
Zinaïda me hantait encore. Elle semblait
plus sereine, à présent, et se détachait de
toutes les visions déplaisantes, comme le
cygne élève son cou gracieux par-dessus les
herbes du marécage. Au moment de m'endormir, je lui envoyai encore un baiser rempli
de confiante admiration...

Sentiments timides, douce mélodie, franchise et bonté d'une âme qui s'éprend, joie
languide des premiers attendrissements de
l'amour, où êtes-vous ?

VIII

Le lendemain matin, lorsque je descendis pour le thé, ma mère me gronda — moins fort, pourtant, que je ne m'y attendais — et me demanda de lui dire comment j'avais passé la soirée de la veille. Je lui répondis brièvement, en omettant de nombreux détails, m'efforçant de donner à l'ensemble un caractère tout à fait anodin.

— Tu as beau dire, ce ne sont pas des gens comme il faut, conclut ma mère... Et tu ferais mieux de préparer tes examens que d'aller chez eux.

Comme je savais que tout l'intérêt que maman portait à mes études se bornerait à cette phrase, je ne crus pas utile de lui répondre. Mon père, lui, me prit par le bras sitôt après le thé, m'entraîna au jardin et me demanda de lui faire un récit détaillé de tout ce que j'avais vu chez les Zassekine.

Quelle étrange influence il exerçait sur moi, et comme nos relations étaient bizarres !

Mon père ne s'occupait pratiquement pas
de mon éducation, ne m'offensait jamais et
respectait ma liberté. Il était même « cour-
tois » avec moi, si l'on peut dire... mais se
tenait ostensiblement à l'écart. Je l'aimais,
je l'admirais, faisais de lui mon idéal et me
serais passionnément attaché à lui s'il ne
m'avait repoussé tout le temps. Mais, quand
il le pouvait, il était capable de m'inspirer
une confiance sans bornes, d'un seul mot,
d'un geste ; mon âme s'ouvrait à lui, comme
à un ami plein de bon sens et à un précepteur
indulgent... Et puis, subitement, sa main me
repoussait, sans brusquerie, certes, mais, tout
de même, elle me repoussait.

Il lui arrivait d'avoir de véritables accès de
joie ; alors, il était prêt à folâtrer avec moi,
à s'amuser comme un collégien (en général,
mon père aimait tous les exercices violents) ;
un jour — un jour seulement ! — il me
caressa avec tant de tendresse que je faillis
fondre en larmes... Malheureusement, sa
gaieté et son affection s'évanouissaient rapidement et sans laisser de traces et notre
entente passagère ne présageait pas plus nos
relations futures que si je l'avais rêvée.

Quelquefois, je contemplais son beau
visage, intelligent et ouvert... mon cœur tres-
saillait, et tout mon être s'élançait vers lui...
il me récompensait d'une caresse, au passage, comme s'il s'était douté de ce que je
sentais, et s'en allait, s'occupait d'autre

chose, affectait une froideur dont lui seul possédait le secret; et moi, de mon côté, je me repliais, me recroquevillais, me glaçais.

Ses rares accès de tendresse n'étaient jamais provoqués par ma supplication muette, mais se produisaient spontanément et toujours à l'improviste. En réfléchissant, plus tard, à son naturel, j'ai abouti à la conclusion suivante : mon père ne s'intéressait pas plus à moi-même qu'à la vie de famille, en général; il aimait autre chose, et cela, il réussit à en jouir à fond.

« Prends ce que tu peux, mais ne te laisse jamais prendre; ne s'appartenir qu'à soi-même, être son propre maître, voici tout le secret de la vie », me dit-il un jour.

Une autre fois, comme je m'étais lancé dans une discussion sur la liberté, en jeune démocrate que j'étais alors (cela se passait un jour que mon père était « bon » et qu'on pouvait lui parler de n'importe quoi), il me répliqua vertement :

— La liberté ? Mais sais-tu seulement ce qui peut la donner à l'homme ?

— Quoi donc ?

— Sa volonté, ta volonté. Si tu sais t'en servir, elle te donnera mieux encore : le pouvoir. Sache vouloir et tu seras libre, et pourras commander.

Par-dessus toute chose, mon père voulait jouir de la vie, et l'a fait... Peut-être aussi

avait-il le pressentiment de n'en avoir pas
pour longtemps : le fait est qu'il mourut à
quarante-deux ans.

Je lui racontai tout le détail de ma visite
chez les Zassekine. Il m'écouta, tour à tour
attentif et distrait, en dessinant des arabesques sur le sable du bout de sa cravache.
Parfois, il avait un petit rire amusé et m'en-
courageait d'une question brève ou d'une
objection. Au début, je n'osai même pas
prononcer le nom de Zinaïda, mais, au bout
de quelque temps, je n'y tins plus et me
lançai dans un dithyrambe. Mon père souriait toujours. Puis il devint songeur, s'étira
et se leva.

Avant de partir, il fit seller son cheval.
C'était un cavalier émérite, versé dans l'art
de dompter les bêtes les plus impétueuses,
bien avant M. Réri.

— Je t'accompagne, père ?

— Non, répondit-il, et son visage reprit
son expression accoutumée d'indifférente
douceur. Vas-y seul, si tu veux; moi, je vais
dire au cocher que je reste.

Il me tourna le dos et s'éloigna à grands
pas. Je le suivis du regard. Il disparut derrière la palissade. J'aperçus son chapeau qui
se déplaçait le long de la palissade. Il entra
chez les Zassekine.

Il n'y resta guère plus d'une heure, mais
aussitôt après cette visite, il partit en ville
et ne rentra que dans la soirée.

Après le déjeuner, je me rendis moi-même chez la princesse. La matrone était seule, au « salon ». En me voyant, elle se gratta la tête, sous le bonnet, avec son aiguille à tricoter, et me demanda à brûle-pourpoint si je pouvais lui copier une requête.

— Avec plaisir, répondis-je, en m'asseyant sur une chaise, tout à fait sur le rebord.

— Seulement, tâchez d'écrire gros, fit la princesse en me tendant une feuille gribouillée par elle. Pouvez-vous me le faire aujourd'hui même ?

— Certainement, princesse.

La porte de la pièce voisine s'entrouvrit légèrement et le visage de Zinaïda apparut dans l'encadrement, un visage pâle, pensif, les cheveux négligemment rejetés en arrière. Elle me regarda froidement de ses grands yeux gris et referma doucement la porte.

— Zina !... Zina !... appela la vieille princesse.

Elle ne répondit pas.

J'emportai la requête et passai toute la soirée à la recopier.

IX

Ma « passion » date de ce jour-là. Je me souviens d'avoir éprouvé un sentiment fort analogue à ce que doit vivre un employé qui vient d'obtenir son premier engagement : je n'étais plus un jeune garçon tout court, mais un amoureux.

Ma passion date de ce jour-là, ai-je dit; je pourrais ajouter qu'il en est de même pour ma souffrance.

Je dépérissais à vue d'œil quand Zinaïda n'était pas là : j'avais la tête vide, tout me tombait des mains et je passais mes journées à penser à elle... Je dépérissais loin d'elle, ai-je dit... N'allez pas croire, pour cela, que je me sentisse mieux en sa présence... Dévoré de jalousie, conscient de mon insignifiance, je me vexais pour un rien et adoptais une attitude sottement servile. Et pourtant, une force invincible me poussait dans le petit pavillon, et, malgré moi, je tressaillais de bonheur en franchissant le pas de « sa » porte.

Zinaïda s'aperçut très vite que je l'aimais : d'ailleurs, je ne m'en cachais pas. Elle en fut amusée et commença à rire de ma passion, à me tourner en bourrique, à me faire goûter les pires supplices. Quoi de plus agréable que de sentir que l'on est la source unique, la cause arbitraire et irresponsable des joies et des malheurs d'autrui ?... C'était précisément ce qu'elle faisait, et moi, je n'étais qu'une cire molle entre ses doigts cruels.

Remarquez, toutefois, que je n'étais pas seul à être amoureux d'elle : tous ceux qui l'approchaient étaient littéralement fous d'elle, et elle les tenait, en quelque sorte, en laisse, à ses pieds. Tour à tour, elle s'amusait à leur inspirer l'espoir et la crainte, les obligeait à agir comme des marionnettes et selon son humeur du moment (elle appelait cela « faire buter les hommes les uns contre les autres »); ils ne songeaient même pas à résister et se soumettaient bénévolement à tous ses caprices.

Sa beauté et sa vivacité constituaient un mélange curieux et fascinant de malice et d'insouciance, d'artifice et d'ingénuité, de calme et d'agitation. Le moindre de ses gestes, ses paroles les plus insignifiantes dispensaient une grâce charmante et douce, alliée à une force originale et enjouée. Son visage changeant trahissait presque en même temps l'ironie, la gravité et la passion. Les sentiments les plus divers, aussi rapides et légers que l'ombre des nuages par un jour de soleil et de vent, passaient sans cesse dans ses yeux et sur ses lèvres.

Zinaïda avait besoin de chacun de ses admirateurs. Belovzorov, qu'elle appelait parfois « ma grosse bête » ou « mon gros » tout court, aurait consenti à se jeter au feu pour elle. Ne se fiant pas trop à ses propres avantages intellectuels, ni à ses autres qualités, il lui offrait tout bonnement de l'épouser, en insinuant qu'aucun des autres prétendants n'aspirait à la même issue.

Maïdanov répondait aux penchants poétiques de son âme. C'était un homme assez froid, comme beaucoup d'écrivains; à force de lui répéter qu'il l'adorait, il avait fini, lui-même, par y croire. Il la chantait dans des vers interminables qu'il lui lisait dans une sorte d'extase délirante, mais parfaitement sincère. Zinaïda compatissait à ses illusions, mais se moquait de lui, ne le prenait pas trop au sérieux et, après avoir écouté ses épanchements, lui demandait invariablement de réciter du Pouchkine, « histoire d'aérer un peu », disait-elle...

Le docteur Louchine, personnage caustique et plein d'ironie, la connaissait et l'aimait mieux qu'aucun de nous — ce qui ne l'empêchait jamais de médire d'elle, en son absence comme en sa présence. Elle l'estimait, mais ne lui pardonnait pas toutes ses saillies et prenait une sorte de plaisir sadique à lui faire sentir que lui aussi n'était qu'une marionnette dont elle tirait les ficelles.

— Moi, je suis une coquette, une sans-cœur, affligée d'un tempérament de comédienne, lui déclara-t-elle un jour en ma présence... Et vous, vous prétendez être un homme franc... Nous allons voir cela. Donnez-moi votre main, je vais y enfoncer une épingle... Vous aurez honte de ce jeune homme et ne ferez pas voir que vous aurez mal... Vous en rirez, n'est-ce pas, monsieur la Franchise ?... Du moins, je vous l'ordonne !

Louchine rougit et se mordit les lèvres, se détourna, mais finit par tendre la main. Elle piqua l'épingle. Il se mit à rire, effectivement... elle riait aussi, et enfonçait la pointe toujours plus profondément dans sa chair, en le fixant dans les yeux... Il évitait son regard...

C'étaient les relations de Zinaïda avec le comte Malevsky qui me surprenaient encore le plus. Certes, il était beau garçon, adroit, spirituel ; pourtant même moi, avec mes seize ans, je discernais en lui quelque chose de faux et de troublant. Je m'étonnais que la jeune fille ne s'en aperçût point. Peut-être s'en apercevait-elle, mais sans en être affectée ? Son éducation négligée, ses fréquentations et ses habitudes étranges, la présence

constante de sa mère, la pauvreté et le
désordre de la maison, tout cela, à commencer par la liberté dont elle jouissait et la
conscience de sa supériorité sur son entou-
rage, tout cela, dis-je, avait développé chez
elle une sorte de désinvolture pleine de
mépris et un manque de discernement moral.
Quoi qu'il advînt : Boniface annonçant qu'il
ne restait plus de sucre, méchants cancans,
brouille entre ses invités, elle se contentait
de secouer ses boucles avec insouciance et
de s'exclamer :

— Bah! quelle sottise!

J'étais sur le point de voir rouge toutes
les fois que Malevsky s'approchait d'elle de
son allure de renard rusé, s'appuyait avec
grâce sur le dossier de sa chaise et lui parlait à l'oreille avec un sourire infatué; elle
le regardait fixement, les bras croisés, en
secouant doucement la tête, et lui rendait son
sourire.

— Quel plaisir avez-vous à recevoir ce
monsieur Malevsky? lui demandai-je un
jour.

— Oh! il a un amour de petite moustache!
répliqua-t-elle. Et puis, à parler franc, vous
n'y entendez rien.

— Croyez-vous donc que je l'aime? me
dit-elle une autre fois. Je ne peux pas aimer
une personne que je regarde de haut en bas...
Il me faudrait quelqu'un qui soit capable
de me faire plier, de me dompter... Dieu

merci, je ne le rencontrerai jamais!... Je ne
me laisserai pas prendre! Oh non!

— Alors, vous n'aimerez jamais personne?

— Et vous? Est-ce que je ne vous aime
pas? s'exclama-t-elle en me donnant une
tape sur le bout du nez avec son gant.

Eh oui, elle se divertissait beaucoup à mes
dépens. Que ne m'a-t-elle pas fait faire
durant les trois semaines où je la vis chaque
jour! Il était rare qu'elle vînt chez nous,
et je ne m'en plaignais pas outre mesure, car,
à peine entrée, elle prenait ses airs de demoi-
selle, de princesse, et je me sentais terriblement intimidé.

Je craignais de me trahir devant ma mère :
Zinaïda lui était très antipathique et elle
nous épiait avec aigreur. Je redoutais moins
mon père : celui-là affectait de ne pas faire
attention à moi; quant à Zinaïda, il lui
parlait peu, mais avec infiniment d'esprit
et de pénétration.

Je n'étudiais plus, ne lisais plus, n'allais
même plus me promener aux alentours de la
villa et avais oublié mon cheval. Comme un
hanneton qui aurait un fil à la patte, je
tournais autour du petit pavillon, prêt à
y passer toute mon existence... mais cela ne
me réussissait pas : ma mère ronchonnait
sans arrêt et Zinaïda me chassait parfois
elle-même. Alors, je m'enfermais à clef ou
m'en allais tout au fond du parc; là, je mon-

tais au faîte d'une serre délabrée et restais
des heures durant à contempler la rue, les
jambes ballantes, regardant sans rien voir.
Des papillons blancs voltigeaient paresseuse-
ment sur des orties poussiéreuses, tout près
de moi; un pierrot enjoué se posait sur une
brique décrépite, piaillait d'une voix irritée,
sautillait sur place et étendait sa petite
queue; encore méfiants, les corbeaux croas-
saient parfois au sommet d'un bouleau
dénudé; le soleil et le vent jouaient en silence
dans ses branches clairsemées; morne et
serein, le carillon du monastère Donskoy [4]
résonnait au loin. Et moi, je restais toujours
là à regarder, à écouter, à me remplir d'un
sentiment ineffable, fait à la fois de détresse
et de joie, de désirs et de pressentiments, de
vagues appréhensions... Je ne comprenais
rien et n'aurais pu donner aucun nom précis à ce qui vibrait en moi... Ou plutôt si,
j'aurais pu l'appeler d'un seul nom — celui
de Zinaïda.

Quant à la jeune princesse, elle continuait
à s'amuser de moi comme le chat d'une
souris. Tantôt elle était coquette, et je me
sentais fondre dans une allégresse trouble,
tantôt elle me repoussait, et je n'osais plus
l'approcher ni même la contempler de loin.

Depuis plusieurs jours, elle se montrait
particulièrement froide à mon égard, et,
complètement découragé, je ne faisais plus
au pavillon que des apparitions courtes et

furtives, m'efforçant de tenir compagnie à la
vieille princesse, bien que celle-ci fût également d'une humeur massacrante, pestant et
criant pis que de coutume : ses affaires de
lettres de change n'avaient pas l'air de s'arranger et elle avait eu déjà deux explications
avec le commissaire de police.

Une fois, je rasais la palissade que vous
connaissez bien, lorsque j'aperçus Zinaïda,
assise dans l'herbe, appuyée sur son bras,
complètement immobile. Je fus sur le point
de m'éloigner sur la pointe des pieds, mais
elle leva brusquement la tête et me fit un
signe impératif. Je restai comme pétrifié, ne
comprenant pas, sur le moment, ce qu'elle
voulait de moi. Elle répéta son geste. Je
sautai par-dessus la palissade et m'approchai d'elle en courant, tout joyeux ; elle
m'arrêta du regard en m'indiquant le sentier, à deux pas d'elle. Confus et ne sachant
plus quoi faire, je m'agenouillai au bord du
chemin. La jeune fille était si pâle, si amèrement triste, si profondément lasse, que mon
cœur se serra et, malgré moi, je balbutiai :

— Qu'avez-vous ?

Elle tendit la main, arracha une brindille,
la mordilla et la jeta au loin.

— Vous m'aimez beaucoup ? me demanda-t-elle enfin... Oui ?

Je ne répondis rien ; à quoi bon ?

— Oui, oui... reprit-elle, en me dévisa-
geant. Les mêmes yeux...

Pensive, elle se cacha le visage à deux mains.

— ... Tout me dégoûte, poursuivit-elle... Je voudrais être au bout du monde... Je ne peux pas supporter cela... Je ne peux pas m'y habituer... Et l'avenir, qu'est-ce qu'il me réserve ?... Ah! je suis si malheureuse... Mon Dieu, comme je suis malheureuse!

— Pourquoi ? fis-je timidement.

Elle haussa les épaules sans répondre. J'étais toujours à genoux et la regardais avec une détresse infinie. Chacune de ses paroles m'avait percé le cœur. J'étais prêt à donner ma vie pour qu'elle ne souffrît plus... Ne comprenant pas pourquoi elle était si malheureuse, je me l'imaginais se relevant d'un bond, fuyant au fond du jardin et s'affaissant tout à coup, terrassée par la douleur... Autour de nous, tout était vert et lumineux; le vent bruissait dans les feuilles des arbres et agitait parfois une longue tige de framboisier au-dessus de ma compagne. Des pigeons roucoulaient quelque part et les abeilles bourdonnaient en rasant l'herbe rare. Au-dessus de nos têtes, un ciel tendre et bleu... et moi j'étais si triste...

— Récitez-moi des vers, reprit Zinaïda en s'accoudant sur l'herbe. J'aime à vous entendre. Vous êtes légèrement déclamatoire, mais peu importe, cela fait jeune...

Récitez-moi « Sur les collines de Géorgie » [5].
Mais asseyez-vous d'abord.

Je m'exécutai.

— « Et de nouveau mon cœur s'embrase;
il aime, ne pouvant pas ne plus aimer... »,
répéta la jeune fille. C'est cela la vraie
beauté de la poésie : au lieu de parler de ce
qui est, elle chante quelque chose qui est
infiniment plus élevé que la réalité et qui,
pourtant, lui ressemble davantage... Ne pouvant pas ne plus aimer... Il le voudrait, mais
il ne peut...

Elle se tut de nouveau, puis se leva d'un
bond.

— Venez, Maïdanov est chez ma mère.
Il m'a apporté son poème, et moi, je l'ai
laissé tomber... Lui aussi doit avoir du chagrin... que faire!... Un jour, vous saurez
tout... surtout, ne m'en veuillez pas!

Elle me serra vivement la main et courut
devant. Nous pénétrâmes dans le pavillon.
Maïdanov se mit incontinent à déclamer son
« Assassin » qui venait d'être publié. Je ne
l'écoutais pas. Il débitait ses tétramètres iam-
biques d'une voix chantante, les rimes se
succédaient avec une sonorité de grelots vides
et bruyants. Je regardais Zinaïda et essayais
de saisir le sens de ses dernières paroles.

> *Ou bien quelque rival secret*
> *T'a-t-il subitement séduite ?*

s'exclama soudain Maïdanov de sa voix

nasale, et mes yeux croisèrent ceux de la jeune fille. Elle baissa les siens et rougit légèrement. Mon sang se glaça. J'étais jaloux depuis longtemps, mais à cet instant une idée fulgurante transperça tout mon être : « Mon Dieu! Elle aime! »

X

Dès lors, mon vrai supplice commença.
Je me creusais la tête, méditais, ruminais et
surveillais Zinaïda à toute heure de la journée, en me cachant de mon mieux. Elle
avait beaucoup changé, cela ne faisait pas
l'ombre d'un doute. Durant de longues
heures, je la voyais se promener toute seule.
Ou bien, elle s'enfermait dans sa chambre et
refusait de voir personne, chose qui ne lui
était encore jamais arrivée.

Ma perspicacité s'aiguisait, du moins le
croyais-je. « Est-ce lui ?... Ou bien lui ? » me
demandais-je, inquiet, en passant en revue
tous ses admirateurs. Le comte Malevsky
me semblait le plus dangereux de tous (mais
j'avais honte de me l'avouer, par considération pour Zinaïda).

Ma perspicacité n'allait pas plus loin et,
d'ailleurs, mon secret n'était un mystère
pour personne ; en tout cas, le docteur Louchine eut tôt fait de le deviner. A dire vrai,

lui aussi avait beaucoup changé depuis
quelque temps : il maigrissait à vue d'œil,
et son rire devenait plus méchant, plus bref,
plus saccadé. Une certaine nervosité avait
succédé à son ironie légère et à son cynisme
affecté :

Un jour, nous nous trouvâmes en tête à
tête dans le salon des Zassekine : Zinaïda
n'était pas encore rentrée de sa promenade
et la vieille princesse se querellait avec la
bonne à l'étage au-dessus.

— Dites-moi, jeune homme, pourquoi
passez-vous tout votre temps à traîner par
ici ? me demanda-t-il... Vous feriez mieux
d'étudier tant que vous êtes jeune, et ce n'est
pas du tout ce que vous faites en ce moment.

— Vous n'en savez rien. Qui vous dit
que je ne travaille pas chez moi ? rétor-
quai-je en le prenant d'assez haut, mais non
sans montrer quelque trouble.

— Ne me parlez pas d'études! Vous avez
autre chose en tête. Je n'insiste pas... à
notre époque, c'est monnaie courante...
Laissez-moi vous dire seulement que vous
êtes rudement mal tombé... Est-ce que vous
ne voyez pas le genre de la maison ?

— Je ne saisis pas...

— Vous ne saisissez pas ?... Eh bien, tant
pis pour vous! Mais il est de mon devoir de
vous avertir. Nous autres, vieux célibataires
endurcis, pouvons sans crainte fréquenter
cette maison : que voulez-vous qu'il nous

arrive ? Nous sommes la vieille garde, les durs à cuire, et rien ne nous effraie. Mais vous, vous avez encore une peau trop délicate. Croyez-moi, l'air d'ici ne vous vaut rien... Gare à la contagion !

— Comment cela ?

— Eh, mais tout simplement... Etes-vous bien portant en ce moment ? Vous trouvez-vous dans votre état normal ? Pensez-vous que vos sentiments actuels puissent servir à quelque chose de bon ?

— Mais quels sont-ils donc mes sentiments présents ? ergotai-je, tout en reconnaissant, dans mon for intérieur, que le docteur avait parfaitement raison.

— Ah ! jeune homme, jeune homme, fit-il en donnant à ces deux mots une intention assez blessante... Allons, ne jouez pas au plus fin. Votre visage vous trahit... Et d'ailleurs, à quoi bon discuter... Croyez-moi, je n'aurais pas fréquenté cette maison si... (il serra les dents)... si je n'étais pas aussi détraqué que vous... Une seule chose me surprend : comment se fait-il que vous ne voyiez pas ce qui se passe autour de vous... Pourtant vous êtes un garçon intelligent...

— Mais que se passe-t-il donc ? dis-je en dressant l'oreille.

Le docteur me dévisagea d'un air de commisération amusée.

— Ce que je peux être bête, murmura-t-il, comme s'il se parlait à lui-même... A quoi

bon le lui dire ?... Bref, conclut-il en élevant
la voix, laissez-moi vous le répéter : l'atmosphère de céans n'est pas bonne pour vous.
Elle vous plaît, me direz-vous — et après ?...
L'air de la serre chaude est saturée de par-
fums, mais nul ne peut y vivre... Ecoutez-
moi, faites ce que je vous dis et reprenez
votre Kaïdanov...

A ces mots, la vieille princesse réapparut
au salon et commença à se plaindre de sa
rage de dents. Zinaïda arriva peu après elle.

— Tenez, docteur, vous devriez la gron-
der, dit la matrone : elle passe son temps à
prendre de l'eau avec de la glace. C'est très
mauvais pour ses poumons.

— Pourquoi faites-vous cela ? demanda
Louchine.

— Que peut-il en résulter ?

— Vous pouvez prendre un refroidisse-
ment et mourir.

— Vraiment ?... Pas possible !... Eh bien,
tant mieux !

— Ah ! ah ! voilà où nous en sommes,
grommela le docteur.

La vieille se retira.

— Mais oui, répliqua Zinaïda... Croyez-
vous que la vie soit toujours gaie ? Regardez
un peu autour de vous... Est-ce que tout va
bien ?... pensez-vous que je ne m'en aper-
çoive pas ? Cela m'amuse de boire de l'eau
avec de la glace, et vous, vous venez me
déclarer sentencieusement qu'une telle vie

ne vaut pas d'être risquée pour un instant
de plaisir... Je ne parle même pas d'un instant de bonheur...

— Oui, oui, dit Louchine... Caprice et
indépendance... Ces deux mots résument
tout votre caractère.

Zinaïda rit nerveusement.

— Vous n'êtes pas à la page, mon cher
docteur, et vous observez mal... Mettez des
lunettes... Je ne suis plus d'humeur à avoir
des caprices... Croyez-vous que cela m'amuse
de vous tourner en bourrique et de rire de
moi-même... Et pour ce qui est de l'indépendance. M'sieur Voldémar, ajouta-t-elle
en tapant du pied, ne faites pas cette tête
mélancolique. J'ai horreur qu'on me
plaigne...

Elle se retira à grands pas.

— Mauvais, très mauvais... L'atmosphère
d'ici ne vous vaut décidément rien, jeune
homme, dit encore Louchine.

XI

Le même soir, toute la bande se réunissait chez les Zassekine. J'étais du nombre.

L'on parla du poème de Maïdanov. Zinaïda le loua sincèrement :

— Seulement, dit-elle, si j'avais été poète, j'aurais choisi d'autres sujets... C'est peut-être stupide ce que je vous dis là, mais il me vient parfois des idées bizarres, la nuit surtout, quand je ne dors pas, et aussi au lever du soleil, à l'heure où le ciel devient rose et gris... C'est ainsi que, par exemple... Vous n'allez pas rire de moi ?

— Mais non, mais non, répondîmes-nous d'une voix.

Elle croisa les bras sur la poitrine et tourna la tête légèrement de côté :

— J'aurais montré tout un groupe de jeunes filles, la nuit, dans une barque, sur un fleuve paisible... La lune luit, les jeunes filles sont en blanc, avec des couronnes de fleurs blanches sur la tête, et chantent... quelque

chose comme un hymne. Enfin, vous voyez
ce que je veux dire.

— Oui, oui, je vous suis, murmura Maïdanov, rêveur.

— Et soudain, du bruit, des rires, des
flambeaux, des torches, des tambourins sur
la côte... Des bacchantes accourent en foule,
avec des cris et des chants. Là-dessus, je
vous cède la parole, monsieur le poète...
J'aurais voulu des torches très rouges, beaucoup de fumée... Les yeux des bacchantes
brillent sous leurs couronnes... Ces dernières
seront de couleur sombre... N'oubliez pas
les peaux de tigre, les vases, l'or... des mon-
ceaux d'or!

— Où faut-il que je mette l'or? demanda
Maïdanov, en rejetant ses cheveux plats en
arrière et dilatant ses narines.

— Où?... Sur leurs épaules, à leurs bras,
à leurs jambes... partout. L'on dit que dans
l'antiquité, les femmes portaient des anneaux
autour des chevilles... Les bacchantes ap-
pellent les jeunes filles de la barque. Celles-ci
ont interrompu leur hymne, mais ne bougent
pas... Leur embarcation accoste doucement,
au fil de l'eau... L'une d'elles se lève lentement — attention, ce passage demande
beaucoup de tendresse, car il faut décrire les
gestes majestueux de cette jeune fille, au
clair de lune, et l'effroi de ses compagnes...
Elle enjambe la paroi de la barque, les bacchantes font cercle autour d'elle et l'em-

portent dans la nuit, dans les ténèbres...
Imaginez-vous des volutes de fumée et une
confusion générale... L'on n'entend plus que
les cris stridents des bacchantes, l'on ne voit
plus que la couronne abandonnée sur le
rivage...

Zinaïda se tut. (Oh! Elle aime! me dis-je
de nouveau.)

— C'est tout? demanda Maïdanov.

— Oui, c'est tout.

— Il n'y a pas de quoi faire tout un poème,
déclara le poète, avec suffisance, mais je vais
tirer parti de votre suggestion pour une pièce
lyrique.

— Dans le genre romantique? demanda
Malevsky.

— Bien sûr, à la Byron.

— Et moi, je trouve que Hugo vaut mieux
que Byron, répliqua négligemment le jeune
comte... Plus intéressant...

— Certes, Hugo est un écrivain de premier ordre, fit Maïdanov, et mon ami Coumenu, dans son roman espagnol El Tro-
vador...

— C'est celui où il y a des points d'inter-
rogation à l'envers? intervint Zinaïda.

— Celui-là même. C'est l'usage, chez les
Espagnols... Je disais donc que Coumenu...

— Oh, vous voilà de nouveau embarqués
dans un débat sur les classiques et les romantiques! intervint de nouveau la jeune fille.
Faisons plutôt un jeu...

— Les gages ? proposa Louchine.

— Oh non, c'est mortel! Jouons plutôt aux comparaisons!

C'était une invention de Zinaïda; le jeu consistait à choisir un objet et celui qui lui trouvait la comparaison la plus heureuse était déclaré vainqueur.

Elle s'approcha de la croisée. Le soleil venait à peine de se coucher, et de longs nuages rouges montaient haut dans le ciel.

— A quoi ressemblent-ils ces nuages ? demanda Zinaïda, et sans attendre de réponse, elle répondit elle-même :

— Moi, je trouve qu'ils ressemblent à ces voiles écarlates que Cléopâtre avait fait attacher aux mâts de son vaisseau le jour où elle partit à la rencontre d'Antoine [6]. Vous en souvenez-vous, Maïdanov ? Vous m'en avez parlé l'autre jour.

Nous suivîmes tous l'exemple de Polonius, dans « Hamlet », et décidâmes à l'unanimité que les nuages ressemblaient précisément à ces voiles et qu'il n'était pas possible de trouver meilleure comparaison.

— Et quel âge avait Antoine ? interrogea la jeune fille.

— Oh, il était certainement tout jeune, dit Malevsky.

— Oui, il était jeune, confirma Maïdanov avec conviction.

— Je m'excuse, mais il avait plus de quarante ans, déclara Louchine.

— Plus de quarante ans... répéta Zinaïda,
en lui jetant un rapide coup d'œil.

Je rentrai bientôt chez moi.

Mes lèvres murmuraient machinalement :
« Elle aime... mais qui ?... »

XII

Les jours passaient. Zinaïda devenait de plus en plus étrange, incompréhensible. Une fois je la trouvai chez elle, assise sur une chaise cannée, la tête appuyée sur le rebord tranchant de la table. Elle se redressa... Son visage ruisselait de larmes.

— Ah, c'est vous, fit-elle avec un amer rictus. Venez donc par ici.

Je m'approchai d'elle; elle me prit la tête à deux mains, s'empara d'une mèche de mes cheveux et se mit à la tordre.

— Aïe! cela me fait mal! m'écriai-je en fin de compte.

— Ah, cela vous fait mal! Et moi, croyez-vous donc que je ne souffre pas assez ?

« Oh! s'exclama-t-elle en s'apercevant qu'elle venait de m'arracher une touffe de cheveux. Qu'ai-je fait! Pauvre m'sieur Voldémar!

Après les avoir soigneusement démêlés, elle les enroula autour de son doigt.

— Je vais mettre vos cheveux dans mon médaillon et les porter toujours sur moi, me dit-elle en guise de consolation, cependant que des larmes brillaient toujours dans ses yeux. Peut-être, m'en voudrez-vous un peu moins ?... A présent, adieu...

Je rentrai chez moi. A la maison, non plus, cela n'allait pas bien. Maman venait d'avoir une explication avec mon père; elle lui reprochait encore quelque chose, et lui ne disait rien, froid et correct, selon sa coutume. D'ailleurs, il sortit peu après. Je n'avais pas pu entendre ce qu'avait dit ma mère, et puis j'avais bien d'autres chats à fouetter. Je me rappelle seulement qu'à l'issue de cette explication, elle me convoqua dans son cabinet de travail et me parla fort aigrement de mes visites — trop fréquentes — chez la vieille princesse, « *une femme capable de tout* » *, me dit-elle.

Je lui baisai la main (c'était ma manière à moi de mettre fin à un entretien) et montai dans ma chambre. Les larmes de Zinaïda m'avaient fait complètement perdre la tête; je ne savais que penser, prêt à pleurer, moi aussi — car il faut vous dire qu'à seize ans j'étais encore un véritable enfant.

Je ne songeais plus à Malevsky, bien que Belovzorov devînt chaque jour plus menaçant et regardât l'habile comte de l'œil du

---

* En français dans le texte.

loup qui regarde l'agneau; à dire vrai, je
ne pensais plus à rien ni à personne. Je me
perdais en suppositions et recherchais les
endroits solitaires.

J'avais une prédilection particulière pour
les ruines de l'orangerie, ayant pris l'habitude d'escalader son mur abrupt et d'y rester
assis, à califourchon, tellement malheureux,
triste et oublié que je prenais pitié de moi-
même : douce griserie de l'isolement mélancolique!

Un jour que je me trouvais là, les yeux
perdus au loin, à écouter le carillon du
monastère, je perçus tout à coup un frôle-
ment mystérieux : ce n'était pas le vent, ni
un frémissement, mais une sorte de souffle
et plus exactement la sensation d'une présence... Je baissai les yeux.

Zinaïda longeait le sentier d'un pas pressé;
elle portait une robe légère, de couleur grise,
et une ombrelle de la même teinte sur
l'épaule. Elle m'aperçut, s'arrêta, releva le
bord de sa capeline et me regarda avec des
yeux de velours.

— Que faites-vous si haut ? me demanda-
t-elle avec un étrange sourire. — Eh bien,
qu'attendez-vous ? Au lieu de passer votre
temps à me persuader que vous m'aimez,
sautez donc par ici, si cela est vrai.

A peine avait-elle fini de parler, que je me
précipitais en bas, comme si un bras m'avait
violemment poussé dans le dos. Le mur

devait être haut de près de sept mètres. J'atterris sur mes pieds, mais le choc fut si vigoureux que je ne réussis pas à rester debout; je tombai et restai évanoui quelques instants. En revenant à moi, et sans ouvrir les yeux, je sentis que Zinaïda était toujours là, tout près de moi.

« Cher petit, disait-elle avec une tendresse inquiète, cher petit, comment as-tu pu faire cela, comment as-tu pu m'écouter... Je t'aime... Relève-toi. »

Sa poitrine se soulevait tout contre ma tête, ses mains frôlaient ma joue, et soudain — Seigneur, quel délice! — ses lèvres douces et fraîches couvrirent mon visage de baisers... effleurèrent mes lèvres... A ce moment-là, bien que je me gardasse soigneusement de rouvrir les yeux, elle dut se douter que j'étais revenu à moi et se redressa rapidement :

— Eh bien, relevez-vous, espèce de grand fou... Qu'est-ce que vous faites là, dans la poussière ?

J'obtempérai.

— Donnez-moi mon ombrelle... voyez où je l'ai jetée... et ne me regardez pas ainsi... En voilà de sottes idées!... Vous êtes-vous fait mal ? Vous vous êtes brûlé dans les orties ? Je vous dis de ne pas me regarder ainsi... Il ne veut rien comprendre, rien répondre, ajouta-t-elle comme si elle parlait à elle-même. Rentrez chez vous, m'sieur Vol-

démar, brossez-vous et ne me suivez pas,
sinon je vais me fâcher et jamais plus je ne...

Elle n'acheva pas son propos et s'éloigna
rapidement; je m'assis sur le bord du sentier... mes jambes ne voulaient plus me porter. Les orties m'avaient brûlé les mains,
j'avais mal dans le dos, la tête chancelante,
mais, avec tout cela, j'éprouvais un sentiment de béatitude que je n'ai plus jamais
retrouvé de ma vie. Il se manifestait par une
torpeur douce et douloureuse circulant dans
mes veines, et finit par se donner libre cours,
sous forme de gambades et de cris enthou-
siastes...

Vraiment, j'étais encore un enfant!

XIII

Vous dirai-je ma joie et ma fierté durant
tout ce jour-là ? Les baisers de Zinaïda
vivaient encore sur mon visage; transporté
de ravissement, j'évoquais à tout moment
chacune de ses paroles et tenais tellement à
ma félicité nouvelle que je commençais
d'avoir peur et ne voulais plus revoir la
cause de mon exaltation.

Il me semblait que je ne pouvais plus rien
attendre du destin et que l'heure était venue
« de boire une dernière bolée d'air frais et
de mourir! »

Le lendemain, en me rendant chez les
Zassekine, j'éprouvais une vive confusion
que je masquais en vain sous la désinvolture modeste du monsieur-qui-veut-faire-
entendre-qu'il-sait-garder-un-secret.

Zinaïda me reçut le plus simplement du
monde, et sans la moindre émotion, se
contentant de me menacer du doigt et de me
demander si je n'avais pas de bleus. Toute

ma désinvolture, ma modestie et mes airs de
conspirateur s'évanouirent en un clin d'œil.
Sans doute, je ne m'attendais à rien d'extraordinaire, mais enfin... le calme de la jeune
fille me produisit exactement l'effet d'une
douche froide. Je compris que je n'étais
qu'un enfant, pour elle, et j'en fus affecté !

Zinaïda se promenait de long en large,
et un sourire fugitif effleurait son visage
toutes les fois que ses yeux se posaient sur
moi ; mais ses pensées étaient loin — je le
voyais bien...

« Vais-je lui parler d'hier, lui demander où
elle se hâtait et savoir enfin ?... »

J'y renonçai et pris place dans un coin, à
l'écart.

L'arrivée de Belovzorov, sur ces entre-
faites, me parut on ne peut plus opportune.

— Je n'ai pas réussi à vous trouver une
bête docile... Il y a bien une cavale dont
Freitag se porte garant, mais moi, je n'ai
pas confiance. J'ai peur.

— Et de quoi avez-vous peur, s'il est
permis de vous poser cette question ? demanda Zinaïda.

— De quoi ?... Mais vous ne savez même
pas monter à cheval. Dieu nous garde, mais
un malheur est si vite arrivé ! Quelle est cette
lubie qui vous passe par la tête ?

— Cela ne regarde que moi, monsieur le

fauve... Et s'il en est ainsi, je vais m'adresser
à Piotr Vassiliévitch...

C'était le nom de mon père, et je fus sur-
pris qu'elle parlât de lui avec une telle
aisance, comme si elle était certaine qu'il
accepterait de lui rendre ce service.

— Tiens, tiens, fit Belovzorov, c'est donc
avec ce monsieur-là que vous voulez faire
du cheval ?

— Que ce soit lui ou un autre, cela ne
vous regarde pas. En tous les cas, pas avec
vous.

— Pas avec moi... répéta le hussard...
Soit... je vais vous trouver une monture.

— Seulement faites bien attention à ce
que ce ne soit pas une mule... Car je vous
préviens que je veux faire du galop.

— Faites-en, si cela vous chante... Est-ce
avec Malovsky ?

— Et pourquoi pas avec lui, mon vaillant
capitaine ? Allons, calmez-vous, ne faites
plus ces yeux-là. On dirait que vous voulez
foudroyer les gens... Je vous emmènerai un
jour... Malevsky... comme si vous ne saviez
pas ce qu'il est pour moi, à présent... pfuitt!

Elle secoua la tête.

— C'est pour me consoler que vous dites
cela, ronchonna Belovzorov.

Zinaïda plissa les yeux.

— Vous consoler ?... Oh... oh... oh... mon
brave capitaine! proféra-t-elle enfin, comme
si elle n'avait pas réussi à trouver d'autre

mot. Et vous, m'sieur Voldémar, voudrez-
vous venir avec nous ?

— C'est que... je n'aime pas être... en nom-
breuse compagnie, balbutiai-je sans lever les
yeux.

— Ah! ah! vous préférez le tête-à-tête...
Tant pis, ce sera comme vous le voudrez,
soupira-t-elle. Allez, Belovzorov, en chasse...
Il me faut absolument un cheval pour
demain!

— Oui, mais où prendre l'argent? intervint
la vieille princesse.

Zinaïda fronça les sourcils.

— Je ne vous ai rien demandé... Belovzorov me fait confiance.

— Confiance... confiance... grommela la
matrone.

Et subitement, elle hurla de toute la force
de ses poumons :

— Douniacha!

— Maman, je vous ai pourtant acheté une
sonnette, observa Zinaïda.

— Douniacha! appela de nouveau la princesse.

Belovzorov prit congé. Je sortis avec lui.
On n'essaya pas de me retenir...

XIV

Le jour suivant, je me levai de très bonne heure, me taillai un bâton et m'en allai loin de la ville. Je voulais me promener seul et ruminer mon chagrin. Il faisait un temps superbe, ensoleillé, et modérément chaud ; un vent frais et joyeux errait au-dessus de la terre, folâtrait et bruissait, mais avec retenue. Je marchai longtemps à travers monts et bois, profondément insatisfait, car le but de ma randonnée avait été de m'adonner à la mélancolie, et voilà que la jeunesse, la splendeur du soleil, la fraîcheur de l'air, le plaisir d'une marche rapide, la molle volupté de s'allonger dans l'herbe dense, loin de tous les regards, voilà que tout cela prenait le dessus et me faisait oublier mon chagrin...

Et puis le souvenir des paroles de Zinaïda et de ses baisers s'empara de nouveau de mon âme. Il m'était doux de me dire qu'elle avait été bien forcée de reconnaître ma force de

caractère et mon héroïsme... « Elle préfère
les autres, me disais-je... Tant pis!... Ces
gens-là ne sont braves qu'en paroles, et moi,
j'ai donné des gages... Et j'accepterai d'autres
sacrifices, beaucoup plus graves, s'il le faut! »

Mon imagination était déchaînée. Je me
voyais sauvant la jeune fille des mains de ses
ennemis, l'arrachant d'une prison, héroïque
et tout couvert de sang, puis, expirant à ses
pieds...

Je me souvins d'un tableau accroché dans
notre salle à manger : Malek-Adel enlevant
Mathilde [7].

Aussitôt après, j'étais absorbé dans la
contemplation d'un pivert bariolé qui gra-
vissait le tronc mince d'un bouleau et jetait
des coups d'œil inquiets, à droite puis à
gauche, comme une contrebasse derrière son
instrument.

Ensuite, je me mis à chanter : « Ce n'est
pas la blanche neige [8] » et passai de là à une
autre romance, fort connue à l'époque :
« Je t'attends au moment où folâtre Zé-
phyre... » [9]

Je déclamai l'invocation d'Ermak aux
étoiles, tirée de la tragédie de Khomiakov [10],
essayai de composer quelque chose de très
sentimental et réussis même à inventer la
strophe finale qui retombait sur un « oh,
Zinaïda », mais n'allai pas plus loin...

Je descendis dans la vallée; un sentier si-

nueux serpentait tout au fond et conduisait
à la ville. Je m'y engageai...

Tout a coup, un bruit de sabots de cheval
derrière moi. Je me retournai, m'arrêtai machinalement et ôtai ma casquette... C'était
mon père et Zinaïda. Ils trottaient côte à
côte. Mon père était penché vers elle et lui
disait quelque chose en souriant, la main
posée sur l'encolure de son cheval... La
jeune fille l'écoutait sans répondre et baissait
les yeux, en serrant les lèvres... Je n'aperçus
qu'eux, tout d'abord... Quelques instants
après, Belovzorov émergea d'un tournant,
en veste rouge de hussard... Son beau cheval
noir était couvert d'écume, secouait la tête,
reniflait, caracolait. Le cavalier se cramponnait à la bride, freinait, donnait des coups
d'éperon... Je me cachai... Mon père reprit
sa bride, s'écarta de Zinaïda et ils repartirent
tous les deux, au galop... Belovzorov leur
emboîtait le pas, en faisant sonner son
sabre...

« Il est rouge comme une écrevisse, me
dis-je, mais elle... pourquoi est-elle si pâle...
Est-ce d'avoir fait du cheval toute la
matinée ? »

Je pressai le pas et arrivai à la maison
juste avant le repas... Mon père s'était déjà
changé et avait fait sa toilette. Assis dans un
fauteuil, tout contre celui de maman, il lui
lisait, d'une voix égale et sonore, le feuilleton
du *Journal des Débats;* ma mère l'écoutait

d'une oreille distraite. En me voyant, elle
me demanda où j'avais disparu et ajouta
qu'il lui déplaisait fort de me voir vagabon
der Dieu sait où et avec Dieu sait qui.

« Mais je me suis promené tout seul! »
allais-je répondre, quand je croisai le regard
de mon père et me tus, je ne sais pourquoi.

XV

Pendant cinq ou six jours, je ne vis plus Zinaïda. Elle se disait souffrante (ce qui n'empêchait nullement les habitués de venir lui rendre visite, de « monter la garde », comme ils disaient).

Ils venaient tous, à l'exception de Maïdanov, qui sombrait dans la mélancolie, dès qu'il n'avait plus de raison de s'enthousiasmer. Belovzorov se tenait, morne, dans un coin, raide dans son uniforme, boutonné jusqu'au menton et cramoisi. Un mauvais sourire errait sur le fin visage du comte Malevsky; il était tombé en disgrâce et s'efforçait de se rendre utile à la vieille princesse avec un empressement servile. N'était-il pas allé jusqu'à l'accompagner, dans son fiacre, chez le général-gouverneur. Il est vrai que la visite avait été infructueuse et qu'il en était résulté même des désagréments pour le comte : on lui avait rappelé une histoire qu'il avait eue, autrefois, avec un officier du

Génie; il lui avait fallu s'expliquer et admettre
qu'il avait fait preuve d'inexpérience.

Louchine avait coutume de venir deux
fois par jour, mais ne restait pas longtemps;
depuis notre récent tête-à-tête, il m'inspirait
une vague appréhension, en même temps
qu'une sympathie profonde.

Un jour, nous allâmes nous promener ensemble au jardin Neskoutchny; il se montra
très aimable avec moi et m'énuméra les
noms et les propriétés de toutes les plantes.
Tout à coup, il se frappa le front et
s'exclama, sans que rien ne l'eût fait pré-
voir, au cours de notre précédente conversa-
tion : « Imbécile que j'étais de la croire
coquette!... Il faut croire qu'il existe des
femmes qui trouvent de la douceur dans le
sacrifice! »

— Que voulez-vous dire ? lui demandai-je.

— Rien... Du moins rien qui puisse vous
intéresser, répondit-il brusquement.

Zinaïda m'évitait. Ma seule vue lui était
désagréable — je ne pouvais pas ne pas m'en
rendre compte... Elle se détournait machinalement, et précisément parce que le geste
était machinal, j'en concevais un désespoir
amer... Je m'efforçais de ne plus la voir et la
guettais de loin, mais cela ne me réussissait
pas toujours.

Il lui arrivait quelque chose d'étrange et

d'inexplicable : elle n'était plus la même, jusque dans l'expression de ses traits.

J'en fus particulièrement frappé par une soirée douce et chaude. J'étais assis sur une banquette, sous un saule — un endroit que j'aimais beaucoup, car, de là, je découvrais *sa* fenêtre. Au-dessus de moi, dans le feuillage, un petit oiseau véloce sautillait de branche en branche; un chat gris se faufilait dans le jardin, en s'aplatissant sur le sol; des hannetons bourdonnaient sourdement dans l'air, sombre, mais encore transparent. Les yeux fixés sur la croisée, j'épiais... Elle s'ouvrit enfin, et Zinaïda apparut. Elle avait mis une robe blanche — aussi blanche que son visage, ses bras et ses épaules.

La jeune fille resta longtemps immobile, les sourcils froncés. Puis elle serra ses mains avec force, les porta à ses lèvres, à son front, écarta les doigts, ramena ses cheveux derrière les oreilles, secoua énergiquement la tête et referma brusquement la fenêtre.

Trois jours plus tard, je la rencontrai au jardin.

— Donnez-moi le bras, me dit-elle tendrement, comme autrefois... Il y a si longtemps que nous n'avons bavardé tous les deux.

Je la regardai; une douce lumière brillait au fond de ses prunelles, et elle me souriait, comme à travers un léger nuage.

— Etes-vous encore souffrante ? lui demandai-je.

— Non, maintenant c'est passé, répondit-elle en cueillant une petite rose rouge. Je suis encore un peu lasse, mais cela passera aussi.

— Et vous serez de nouveau comme avant ?

Elle leva la fleur au niveau de ses joues, et le rouge des pétales sembla s'y refléter.

— Ai-je donc changé ?

— Oui, vous avez changé, répliquai-je à mi-voix.

— J'ai été froide avec vous... je le sais... mais il ne fallait pas faire attention à cela... Je ne pouvais pas être autre... N'en parlons plus, voulez-vous ?

— Vous ne voulez pas que je vous aime! m'exclamai-je dans un élan involontaire.

— Mais si, continuez de m'aimer, seulement pas de la même manière.

— Et comment ?

— Soyons amis, tout simplement!

Elle me fit sentir le parfum de la rose.

— Ecoutez, je suis beaucoup plus âgée que vous... J'aurais pu être votre tante — mais oui! — ou, tout au moins, votre sœur aînée... Et vous...

Je l'interrompis :

— Je ne suis qu'un enfant ?

— C'est cela. Vous êtes un enfant. Un enfant que j'aime, bon, gentil, intelligent... Tenez, dès aujourd'hui je vous élève à la dignité de page... Vous allez être mon page

et n'oubliez pas qu'en cette qualité, vous ne
devez jamais quitter votre dame... Et voici
votre insigne, ajouta-t-elle en passant la rose
à ma boutonnière... A présent, vous avez un
gage de notre bienveillance.

— J'en ai reçu d'autres, naguère... balbutiai-je.

— Ah! Ah! fit Zinaïda, en me regardant de
biais... Quelle mémoire! Eh bien, soit! J'ac-
cepte!

Elle se pencha légèrement et me déposa
au front un baiser pur et serein.

Comme je relevais les yeux, elle fit demi-
tour :

— Suivez-moi, page, intima-t-elle en se di-
rigeant vers le pavillon.

Je la suivis, me demandant, tout étonné :

« Est-il possible que cette jeune fille ti-
mide et raisonnable soit Zinaïda? »

Sa démarche elle-même me parut plus
lente, et sa taille plus svelte et majestueuse.

Mon Dieu! Avec quelle violence nouvelle
la passion se rallumait dans mon cœur!

XVI

A l'issue du repas, les habitués se retrouvèrent de nouveau au salon, et la jeune princesse daigna sortir de sa chambre. Notre bande était au grand complet, tout comme lors de l'inoubliable soirée où je m'y associai pour la première fois. Le vieux Nirmatzky, lui-même, avait traîné sa patte jusqu'au pavillon. Maïdanov était arrivé avant les autres, un nouveau poème sous le bras.

On joua aux gages, comme l'autre fois, mais sans rien de fantasque, de bruyant — l'élément bohème semblait être perdu. En ma qualité de page, je me tenais assis à côté de Zinaïda. Elle proposa que celui qui tirerait un gage racontât son dernier rêve, mais cela tomba à l'eau. Les rêves manquaient totalement d'intérêt (comme celui de Belovzorov, lequel avait rêvé qu'il donnait des carassins à son cheval, et que le cheval avait une tête de bois) ou bien sonnaient faux, inventés de toutes pièces.

Maïdanov nous proposa tout un roman.
Que ne s'y trouvait-il pas : des nécropoles,
des anges avec des lyres, des fleurs qui parlaient, des bruits lointains et mystérieux.
Zinaïda ne lui laissa même pas le temps de
finir.

— Quant à faire du roman, conclut-elle,
autant que chacun invente une histoire!

De nouveau, le sort désigna Belovzorov.

— Mais je ne peux rien inventer! s'écria
le hussard, visiblement mal à l'aise.

— Quelles sottises! répliqua Zinaïda... Fi-
gurez-vous, par exemple, que vous êtes marié
et racontez-nous comment vous aimeriez
passer tout votre temps avec votre femme ?...
L'auriez-vous enfermée à clef ?

— Oui, certes.

— Et seriez-vous resté à côté d'elle ?

— Bien sûr.

— Parfait. Et si elle en avait assez et
qu'elle vous trompât ?

— Je l'aurais tuée.

— Et si elle s'était enfuie ?

— Je l'aurais rattrapée et tuée quand
même.

— Bon. Supposons que je sois votre
femme. Qu'auriez-vous fait?

Belovzorov se tut.

— Je me serais tué également, proféra-t-il
après une minute de réflexion.

— Je vois qu'au moins vous ne faites pas

traîner les choses en longueur! s'exclama la jeune fille en pouffant de rire.

Le deuxième gage lui revint. Elle leva les yeux au plafond et devint rêveuse.

— Ecoutez, dit-elle enfin, voici ce que j'ai trouvé... Imaginez-vous un salon magnifique, une belle nuit d'été et un bal superbe... Ce bal est offert par la jeune reine. Partout, de l'or, du marbre, du cristal, de la soie, des feux, des diamants, des fleurs, des plantes odorantes... Bref, tout ce que le luxe peut rêver.

— Aimez-vous le luxe? intervint Louchine.

— C'est très joli, et j'aime tout ce qui est joli, répondit-elle.

— Mieux que le beau?

— C'est trop fort pour moi... Je ne vous saisis pas... Allons, ne me dérangez pas... Je vous disais donc qu'il y a un bal magnifique. Les invités sont nombreux. Ils sont jeunes, beaux, vaillants et follement amoureux de la reine.

Ah! ah! il n'y a donc pas de femmes parmi les invités? observa Malevsky.

— Non... Attendez, si... il y en a.

— Et elles sont toutes belles?

— Charmantes. Pourtant, les hommes sont amoureux de la reine. Elle est grande, svelte, et porte un petit diadème doré sur ses cheveux noirs.

Je regardai Zinaïda, et elle me parut tellement plus grande que nous tous. Il rayonnait une telle intelligence et tant de pénétration de son front d'albâtre et de ses sourcils immobiles, que, malgré moi, je me dis :

« Cette reine, c'est toi! »

— Tous les hommes se pressent en foule autour d'elle, poursuivit la jeune fille, et lui tiennent les propos les plus flatteurs.

— Aime-t-elle la flatterie ? s'informa Louchine.

— Vous êtes insupportable!... Vous ne voulez donc pas me laisser parler ?... Bien sûr qu'elle l'aime! Qui donc ne l'aime pas ?

— Une dernière question, fit Malevsky : la reine a-t-elle un mari ?

— Je n'ai même pas songé à cela... Mais non. Pour quoi faire, un mari ?

— Evidemment : pour quoi faire ? répéta le comte.

— *Silence !* * réclama Maïdanov, qui parlait d'ailleurs très mal le français.

— *Merci* *, répondit Zinaïda. Ainsi donc, la reine prête l'oreille à ces propos, à la musique, mais ne regarde aucun de ses invités. Six croisées sont ouvertes, de haut en bas, du plafond au parquet, béant sur un ciel noir avec de grandes étoiles et un parc sombre, planté d'arbres immenses. La reine contemple la nuit. Au jardin, parmi les arbres, il y a une fontaine : on la distingue,

* En français dans le texte.

dans l'obscurité, à ses contours blancs et longs, très longs, comme un fantôme. A travers la musique et le bruit des voix, la reine discerne le murmure de l'eau. Et elle se dit : mes nobles sires, vous êtes beaux, intelligents, honnêtes, vous buvez chacune de mes paroles et vous vous dites prêts à expirer à mes pieds... J'ai, sur vous, un pouvoir infini... Or, savez-vous que là-bas, près de cette fontaine où l'eau murmure si harmonieusement, mon bien-aimé m'attend et que lui aussi a sur moi un pouvoir infini... Il n'a point de brocarts, ni de gemmes; c'est un inconnu, mais il m'attend; il sait que je vais venir... et je viendrai... Aucune force au monde n'est capable de me retenir lorsque je veux le rejoindre et demeurer près de lui, me perdre avec lui, là-bas, dans le bruissement des arbres et le chant de la fontaine.

Elle se tut.

— Est-ce bien une histoire inventée ? demanda malicieusement le comte.

Zinaïda ne daigna même pas l'honorer d'un regard.

— Et que ferions-nous, messieurs, si nous étions du nombre de ces invités et connaissions l'existence de cet heureux mortel qui soupire près de la fontaine ?

— Ce que vous auriez fait ? Attendez, je vais vous le dire, répliqua Zinaïda... Belovzorov l'aurait provoqué en duel... Maïdanov

aurait composé une épigramme... Ou, plutôt
non... cela n'est pas dans vos cordes... Vous
auriez composé des iambes interminables, à
la Barbier [11], et publié votre chef-d'œuvre au
« Télégraphe » [12]... Nirmatzky lui aurait
emprunté de l'argent... ou plutôt non : il lui
en aurait prêté à la petite semaine... Pour
vous, docteur — elle s'arrêta — ... au fait,
je ne sais pas ce que vous auriez imaginé...

— En ma qualité de docteur attaché au
service de Sa Majesté, je lui aurais respectueusement recommandé de ne pas organiser
de bal quand elle a d'autres chats à fouetter...

— Vous n'auriez peut-être pas eu tort...
Et vous, comte ?

— Et moi ? répéta Malevsky avec un mauvais sourire.

— Vous lui auriez sans doute offert une
dragée empoisonnée...

Le visage du comte, contracté un instant,
prit une expression fouineuse, puis il éclata
de rire.

— Quant à vous, m'sieur Voldémar...
Enfin, bref, passons à un autre jeu...

— M. Voldémar, en sa qualité de page,
aurait porté la traîne de Sa Majesté pendant
qu'elle se serait sauvée, railla méchamment
Malevsky.

J'allais éclater. Zinaïda me mit la main
sur l'épaule, se leva et prononça d'une voix
qui tremblait légèrement :

— Je n'ai jamais autorisé Votre Altesse à

être insolente, aussi la prié-je de se retirer.

Elle lui désigna la porte.

— Voyons, princesse, balbutia le comte en blêmissant.

— La princesse a raison, approuva Belovzorov en se levant également.

— Vraiment... je ne croyais pas... je ne voulais pas vous blesser... Pardonnez-moi, balbutia Malevsky.

Zinaïda lui jeta un regard glacial et sourit durement.

— Soit, restez, fit-elle avec un geste méprisant... Nous avons eu tort de nous fâcher, m'sieur Voldémar et moi... Si cela vous amuse d'épancher votre venin... je n'y vois pas d'inconvénient, pour ma part!

— Pardonnez-moi, s'excusa encore une fois le comte.

Quant à moi, j'évoquai le geste de Zinaïda et me dis qu'une vraie reine n'aurait su montrer la porte avec plus de grâce à l'insolent.

Le jeu des gages ne dura pas longtemps après cet incident; tout le monde se sentait légèrement mal à l'aise, pas tellement à cause de l'incident lui-même que d'un trouble confus et inexplicable. Personne ne l'avouait, mais chacun s'en rendait compte.

Maïdanov nous lut des vers, et Malevsky les loua exagérément.

— Il veut se montrer charitable à tout prix, me souffla Louchine.

Nous nous séparâmes assez vite. Zinaïda était devenue subitement songeuse; sa mère fit dire qu'elle avait la migraine; Nirmatzky commença à se plaindre de ses rhumatismes...

Longtemps, je ne pus m'endormir, bouleversé par le récit de Zinaïda. « Se pouvait-il qu'il contînt une parcelle de vérité ? me demandais-je... De qui, de quoi avait-elle voulu parler ?... Et si réellement il y avait anguille sous roche, quelle décision devais-je prendre ?... Mais non, mais non, cela n'est pas possible », me répétai-je en me tournant et me retournant dans mon lit, les joues en feu... Puis je me souvins de l'expression de son visage pendant qu'elle parlait... Je me rappelai l'exclamation qui avait échappé à Louchine, au jardin Neskoutchny, le brusque changement de la jeune fille à mon égard... Je me perdais en suppositions... « Qui est-ce ? »

Ces trois petits mots dansaient devant moi, dans l'obscurité... Un nuage bas et lugubre m'oppressait de tout son poids et j'attendais à chaque instant qu'il se résolût en orage.

J'avais observé pas mal de choses chez les Zassekine, depuis que je les fréquentais, et m'étais habitué à beaucoup d'autres : au désordre, aux bouts de chandelle graisseux, aux fourchettes édentées, aux couteaux ébréchés, aux mines renfrognées de Boniface, à la malpropreté de la bonne, aux manières de la vieille princesse... Il y avait une chose, pourtant, à laquelle je ne pouvais pas me faire : le changement que je pressentais confusément chez Zinaïda...

Ma mère l'avait traitée un jour d'aventurière... Une aventurière, elle, mon idole, ma divinité! Ce mot me brûlait; indigné, je voulais enfoncer ma tête dans l'oreiller... En même temps, que n'aurais-je pas donné pour être à la place de cet heureux mortel, près de la fontaine!...

Mon sang ne fit qu'un tour... « La fontaine... dans le parc... si j'y allais ? » Je m'habillai en hâte et me faufilai hors de la maison... La nuit était noire, les arbres faisaient entendre un chuchotis à peine perceptible, une fraîcheur légère descendait du ciel; une odeur de persil émanait du potager... Je fis le tour de toutes les allées; le bruit de mes propres pas m'intimidait et me stimulait en même temps; je m'arrêtais, attendais, épiant le battement de mon cœur, rapide et précis... Enfin, je m'approchai de la palissade et m'appuyai sur un piquet... Tout à coup, une silhouette de femme passa rapidement à quelques pas de moi — peut-être une hallucination : je ne savais trop quoi penser... J'essayai de percer les ténèbres du regard et retins mon souffle... Qui était-ce ?... Un bruit de pas ou la cadence de mon cœur ?

— Qui est là ? balbutiai-je d'une voix blanche.

On dirait un rire étouffé... ou le murmure des feuilles... ou un soupir tout contre mon oreille ?... J'eus peur.

— Qui est là ? répétai-je encore plus bas.

Une raie de feu zébra le firmament : une étoile filante...

— Zinaïda! voulus-je appeler, mais le son se tut sur mes lèvres...

Tout à coup, comme cela se produit souvent en pleine nuit, il se fit un silence profond autour de moi... Les cigales elles-mêmes se turent dans les arbres, et je n'entendis plus que le bruit d'une croisée qui se fermait. J'attendis encore un moment et retournai dans ma chambre, dans mon lit froid.

J'étais en proie à une singulière exaltation, comme si j'étais allé à un rendez-vous et avais passé, seul, devant le bonheur d'autrui...

XVII

Le jour suivant, je ne fis qu'entrevoir Zinaïda : elle était partie, en fiacre, avec la
vieille princesse. Par contre, je rencontrai
Louchine — qui daigna à peine me saluer —
et Malevsky. Le jeune comte sourit et se mit
à me parler en bon camarade. De tous les
habitués du pavillon, il était le seul qui eût
réussi à s'introduire chez nous et à se faire
aimer de maman. Mon père, lui, le tenait
en piètre estime et le traitait avec une courtoisie affectée qui frisait l'insolence.

— *Ah! ah! monsieur le page* *, fit Malevsky... Je suis fort aise de vous rencontrer.
Que devient votre charmante reine ?

Son joli minois de gandin me dégoûtait
tellement — et il me dévisageait avec un
enjouement si méprisant — que je ne lui
répondis même pas.

— Toujours fâché ? poursuivit-il. Vous

---

* En français dans le texte.

avez tort. Ce n'est pas moi qui vous ai élevé
à la dignité de page... Savez-vous que vous
devez toujours suivre la reine et permettez-
moi de vous faire observer que vous vous
acquittez fort mal de votre mission.

— Comment cela ?

— Les pages ne quittent jamais la reine
et ont devoir de l'épier... jour et nuit,
conclut-il en baissant la voix.

— Qu'entendez-vous par-là ?

— Mais rien du tout!... Je n'ai pas d'ar-
rière-pensée... Jour et nuit... Le jour, cela va
tout seul : il fait clair, et il y a beaucoup de
monde... C'est surtout la nuit qu'il faut ouvrir
l'œil, et le bon... A votre place, je ne dormi-
rais pas et passerais mon temps à observer
attentivement... Rappelez-vous l'histoire de
la fontaine : c'est là qu'il faut vous poster et
faire le guet... Vous me direz merci pour
mon conseil.

Il éclata de rire et me tourna le dos, n'at-
tribuant probablement pas trop d'importance à ses propres recommandations. Le
comte avait la réputation de s'y entendre à
mystifier les gens dans les mascarades, et le
mensonge presque inconscient qui sourdait
par tous ses pores l'y aidait grandement.

Il avait voulu seulement me taquiner, mais
chacune de ses paroles se répandit comme
un venin dans mes veines. Le sang me monta
à la tête. « Ah! bon, me dis-je, ce n'était
donc pas pour rien que le parc exerçait sur

moi une telle attraction! Cela ne se produira
pas! » m'écriai-je tout haut, en me frappant
la poitrine.

A dire vrai, je ne savais point ce qui ne
devait pas se produire.

« Que ce soit Malevsky qui vienne à la
fontaine (peut-être avait-il trop parlé, mais
on pouvait s'attendre à tout de son insolence) ou quelqu'un d'autre (la palissade du
parc était basse et facile à franchir), peu
importe, mais gare à lui s'il a affaire à moi!
Je ne voudrais pas être à sa place et ne le
souhaite à personne! Je prouverai à l'univers
entier, comme à l'infidèle (c'est ainsi que je
qualifiais Zinaïda) que je sais me venger! »

Je remontai dans ma chambre, ouvris le
tiroir de ma table, pris un couteau anglais
que je venais d'acheter, vérifiai le fil de la
lame, fronçai les sourcils et cachai l'arme
dans ma poche, d'un geste froid et résolu.
Un spectateur qui m'aurait vu aurait pu
croire que j'avais l'habitude de ces sortes de
règlements de comptes. Mon cœur se souleva haineusement, se raidit, devint de
pierre : jusqu'au soir, j'évitai de desserrer
les lèvres et de dérider mon front. Je marchais de long en large, la main crispée sur le
couteau enfoui dans ma poche et tiède, ru-
minant des actes effrayants.

A dire vrai, ces sentiments nouveaux acca-
paraient si bien mon attention que je ne
songeais presque pas à Zinaïda... J'évoquais

l'image d'Aleko, le jeune bohémien : « Où
vas-tu, beau jeune homme ? Recouche-toi... »
Et puis : « Tu es couvert de sang... Qu'as-tu
fait ?... » « Rien du tout !... » Avec quel sourire cruel je répétais ce « Rien du tout ! »...

Mon père était sorti; ma mère, qui depuis
quelque temps se trouvait dans un état d'ir-
ritation quasi chronique, finit par remarquer
mon air fatal et me demanda :

— Qu'as-tu donc ? On dirait que tu as
avalé une couleuvre.

Je me contentai de sourire d'un air plein
de condescendance et de me dire : « Ah ! s'ils
savaient !... »

L'horloge égrena onze coups; j'allai dans
ma chambre, mais ne me déshabillai pas :
j'attendais minuit.

Les douze coups... « L'heure a sonné ! »
me dis-je à voix basse, en serrant les dents.
Je boutonnai ma veste jusqu'au menton,
retroussai mes manches et descendis au jardin.

J'avais prévu à l'avance l'endroit où je
devais me poster. Un sapin solitaire se dressait au fond du parc, là où la palissade qui
séparait notre domaine de celui des Zassekine aboutissait à un mur mitoyen. Caché
dans les basses branches de l'arbre, je
pouvais facilement voir tout ce qui se
passait autour de moi — du moins dans la
mesure où me le permettait l'obscurité de la
nuit.

Il y avait un sentier qui courait juste au pied du sapin. Ce chemin mystérieux s'étirait comme un serpent et passait sous la palissade, à un endroit où un intrus l'avait manifestement enjambée et à plusieurs reprises, à en juger par les traces. Plus loin, il allait se perdre dans un kiosque entièrement recouvert d'acacias. Je me faufilai jusqu'à l'arbre et me mis en faction, adossé à son tronc.

La nuit était aussi sereine que la veille, mais le ciel était moins couvert et l'on distinguait plus nettement les contours des buissons et de quelques fleurs hautes. Les premières minutes d'attente me parurent pénibles et presque terrifiantes. Prêt à tout, je réfléchissais à la conduite à tenir : devais-je crier d'une voix de tonnerre : « Où vas-tu ? Pas un pas de plus! Avoue, ou tu es mort! » ou bien frapper en silence ?... Chaque bruit, chaque feuille froissée par le vent prenait dans mon imagination une signification extraordinaire... J'épiais, penché en avant... Une demi-heure s'écoula de la sorte, puis une heure; mon sang se calmait; une idée insidieuse commençait à se faire jour dans mon esprit : « Et si je m'étais trompé, si je me couvrais de ridicule, si Malevsky s'était moqué de moi ? »

Je quittai ma cachette et allai faire le tour du parc. Pas un bruit nulle part; tout reposait; notre chien dormait, roulé en boule,

devant le portail... J'escaladai les ruines de
l'orangerie, contemplai le champ qui s'étendait à perte de vue, me souvins de ma rencontre avec Zinaïda à ce même endroit,
m'abîmai dans mes réflexions...

Tout à coup, je tressaillis... Je crus perce-
voir le grincement léger d'une porte qui
s'ouvrait, puis le craquement d'une branche
morte... En deux bonds, j'étais en bas, immobile à mon poste... Un pas léger, rapide
mais prudent, se faisait entendre dans le
jardin... Quelqu'un approchait... « Le voilà...
enfin! »

D'un geste brusque, j'arrachai le couteau
de ma poche et l'ouvris... Des étincelles
rouges jaillirent devant mes yeux, mes
cheveux se dressèrent de colère et d'épouvante... L'homme venait droit sur moi... Je
me courbai en deux, prêt à bondir... Mon
Dieu!... C'était mon père!...

Bien qu'il fût entièrement enveloppé dans
un manteau noir et eût enfoncé son chapeau
sur les yeux, je le reconnus immédiatement.
Il passa devant moi sur la pointe des pieds,
sans me remarquer, bien que rien ne me
dissimulât à son regard... Mais j'étais tellement ramassé sur moi-même que je devais
être presque au ras du sol... Othello jaloux
et prêt à assassiner redevint un collégien.

L'apparition de mon père m'avait fait une
telle peur que je fus incapable de déterminer
d'où il était venu et dans quelle direction il

avait disparu. Lorsque le silence se rétablit autour de moi, je me redressai et me demandai, stupéfait : « Pourquoi donc père va-t-il se promener la nuit dans le parc ? »

Dans mon épouvante, j'avais laissé choir le couteau et ne me donnai même pas la peine de le chercher, tout penaud que j'étais... C'était plus fort que moi, j'étais complètement désorienté...

Cependant, en rentrant, je m'approchai du banc, sous le saule, et jetai un coup d'œil à la croisée de Zinaïda. Les petites vitres, légèrement bombées, avaient un reflet terne et bleuté à la pâle clarté du ciel nocturne... Tout à coup, leur teinte changea... Une main baissait doucement, tout doucement — je le voyais nettement — un store blanc qui descendit jusqu'au bas de la fenêtre et ne bougea plus...

— Qu'est-ce que cela veut dire ?

Je m'étais posé la question presque tout haut, malgré moi, une fois dans ma chambre.

— Ai-je rêvé ?... Est-ce une coïncidence, ou...

Mes soupçons étaient tellement étranges et inattendus que je n'osais pas m'y arrêter.

XVIII

Je me levai avec un violent mal de tête. L'agitation de la veille avait disparu, faisant place à un sentiment pénible de stupeur et de tristesse que je n'avais jamais encore éprouvé... Comme si quelque chose était en train de mourir en moi-même...

— Pourquoi avez-vous l'air d'un lapin qu'on aurait amputé de la moitié de sa cervelle ? me demanda Louchine, que je rencontrai.

Pendant tout le repas de midi, je jetai des regards furtifs, tour à tour sur mes deux parents ; mon père était calme, comme de coutume ; ma mère s'irritait de tout et de rien.

Je me demandais si mon père n'allait pas me parler amicalement, comme cela lui arrivait de temps en temps... Eh bien, non, je n'obtins même pas cette sorte de tendresse froide qu'il me témoignait généralement chaque jour...

« Faut-il que je dise tout à Zinaïda ? me demandai-je. Peu importe, puisque désormais tout est fini entre nous deux... »

Je me rendis chez elle, mais ne pus rien lui signifier, ni même lui parler comme j'en avais eu l'intention. Son petit frère, âgé d'une douzaine d'années, élève d'une école de Cadets de Saint-Pétersbourg, était venu passer les vacances chez sa mère et venait d'arriver; elle me le rétrocéda aussitôt :

— Voici un camarade pour vous, mon cher Volodia (c'était la première fois qu'elle m'appelait ainsi)... Vous avez le même petit nom. Soyez amis, je vous le demande; mon frère est encore un peu sauvage, mais il a si bon cœur... Faites-lui visiter Neskoutchny, promenez-vous ensemble, prenez-le sous votre aile... Vous voulez bien, n'est-ce pas ? Vous êtes si gentil...

Elle posa tendrement ses mains sur mes épaules; je ne trouvai rien à lui répondre. L'arrivée de ce gamin me transformait moi-même en collégien. Je regardai le cadet en silence; de son côté, il me dévisagea sans rien dire. Zinaïda éclata de rire et nous poussa l'un vers l'autre :

— Allons, embrassez-vous, mes enfants !

Nous nous exécutâmes.

— Voulez-vous que je vous conduise au jardin ? proposai-je au petit frère.

— Si vous le voulez, monsieur, me ré-

pliqua-t-il d'une voix rauque et tout à fait
martiale.

Zinaïda éclata de rire derechef...

J'eus le temps de noter que jamais encore
son visage n'avait eu de si belles couleurs.

Nous sortîmes avec mon nouveau compa-
gnon. Il y avait une vieille escarpolette dans
le parc. Je l'y fis asseoir et me mis en devoir
de le balancer. Il se tenait raide dans son
uniforme neuf, de drap épais, avec de larges
parements d'or, et se cramponnait énergiquement aux cordes.

— Déboutonnez donc votre col! lui
criai-je.

— Cela n'est rien, monsieur, on a l'habitude, me répondit-il en se raclant la gorge.

Il ressemblait beaucoup à sa sœur — les
yeux surtout. Cela me plaisait, certes, de lui
rendre service, mais la même tristesse continuait à me ronger le cœur.

« A présent, je suis vraiment un enfant,
me dis-je... mais hier... »

Je me souvins de l'endroit où j'avais laissé
tomber mon couteau et réussis à le retrou-
ver. Le cadet me le demanda, arracha une
grosse tige de livèche, tailla un pipeau et le
porta à ses lèvres. Othello l'imita tout aussitôt.

Mais quelles larmes ne versa-t-il pas, ce
même Othello, le soir, dans les bras de Zinaïda, lorsque celle-ci le découvrit dans un

coin isolé du parc et lui demanda la raison de sa tristesse!

— Qu'avez-vous ?... Mais qu'avez-vous donc, Volodia ? répétait-elle.

Voyant que je refusais obstinément de lui répondre et pleurais toujours, elle posa les lèvres sur ma joue mouillée. Je me détournai d'elle et balbutiai, à travers les sanglots :

— Je sais tout; pourquoi vous êtes-vous jouée de moi ? Quel besoin aviez-vous de mon amour ?

— Oui, je suis coupable à votre égard, Volodia... Oh! je suis très fautive, ajouta-t-elle en se tordant les bras... Mais il y a tant de forces obscures et mauvaises en moi-même, tant de péché... A présent, je ne joue plus de vous, je vous aime, vous ne sauriez imaginer pourquoi, ni comment... Mais racontez-moi donc ce que vous savez.

Que pouvais-je lui dire ? Elle était là, devant moi, et me dévisageait... Aussitôt que son regard plongeait dans le mien, je lui appartenais corps et âme...

Un quart d'heure plus tard, je courais avec le petit frère et Zinaïda; je ne pleurais plus, je riais, et des larmes de joie tombaient de mes paupières gonflées... Un ruban d'elle me tenait lieu de cravate; je poussais des cris d'allégresse toutes les fois que je réussissais à attraper la jeune fille par la taille. Elle pouvait faire de moi tout ce qu'elle voulait.

XIX

J'aurais été bien embarrassé si l'on m'avait demandé de raconter par le menu tout ce que j'éprouvai au cours de la semaine qui suivit mon infructueuse expédition nocturne. Ce fut, pour moi, une époque étrange et fiévreuse, une sorte de chaos où les sentiments les plus contradictoires, les pensées, les soupçons, les joies et les tristesses valsaient dans mon esprit. J'avais peur de m'étudier moi-même, dans la mesure où je pouvais le faire avec mes seize ans. Je redoutais de connaître mes propres sentiments. J'avais seulement hâte d'arriver au bout de chaque journée. La nuit, je dormais... protégé par l'insouciance des adolescents. Je ne voulais pas savoir si l'on m'aimait et n'osais point m'avouer le contraire. J'évitais mon père... mais ne pouvais pas fuir Zinaïda... Une sorte de feu me dévorait en sa présence... Mais à quoi bon me rendre compte de ce qu'était cette flamme qui me faisait fondre ?... Je me livrais à toutes mes impressions, mais manquais de franchise envers moi-même. Je me détournais de mes souvenirs et fermais les yeux sur tout ce que l'avenir me faisait pressentir... Cet état de tension n'aurait certainement pas pu durer longtemps... un coup de tonnerre mit brusquement fin à tout cela et m'orienta sur une nouvelle voie...

Une fois que je rentrais pour dîner, à l'issue d'une assez longue promenade, j'appris avec étonnement que j'allais me mettre à table tout seul : mon père était absent et ma mère, souffrante, s'était enfermée à clef dans sa chambre. Le visage des domestiques me fit deviner qu'il venait de se produire quelque chose d'extraordinaire... Je n'osais pas les interroger, mais, comme j'étais au mieux avec Philippe, notre jeune maître d'hôtel, grand chasseur et ami de la guitare, je finis par m'adresser à lui.

Il m'apprit qu'une scène terrible venait d'avoir lieu entre mes parents. On avait tout entendu à l'office, jusqu'au dernier mot; bien des choses avaient été dites en français, mais Macha, la bonne, ayant vécu plus de cinq ans à Paris, au service d'une couturière, avait tout compris. Maman avait accusé mon père d'infidélité et lui avait reproché ses trop fréquentes rencontres avec notre jeune voisine. Au début, il avait essayé de se défendre, puis, éclatant brusquement, avait prononcé

quelques paroles très dures à propos « de
l'âge de Madame »; ma mère avait fondu en
larmes.

Puis, revenant à la charge, maman avait
fait allusion à une lettre de change qu'elle
aurait donnée à la vieille princesse et se serait
permis des remarques fort désobligeantes
sur son compte et sur celui de sa fille. Là-
dessus, mon père l'avait menacée...

— Tout le malheur est venu d'une lettre
anonyme, ajouta Philippe... On ne sait toujours pas qui a bien pu l'écrire; sans cela, le
pot aux roses n'aurait jamais été découvert.

— Mais est-ce qu'il y eut vraiment quelque
chose ? articulai-je à grand-peine, en sentant
mes bras et mes jambes se glacer, tandis que
quelque chose frissonnait au fond de ma
poitrine.

Philippe cligna de l'œil d'un air entendu :

— Que voulez-vous, ce sont là des his-
toires qu'on ne peut pas cacher éternelle-
ment... Votre père a beau être prudent, mais
il lui a bien fallu, par exemple, louer une
voiture... On ne peut jamais se passer des
domestiques.

Je renvoyai le maître d'hôtel et m'effon-
drai sur mon lit...

Je ne pleurais pas, ne m'abandonnais pas
au désespoir, ne me demandais pas quand et
comment cela s'était produit, ne m'étonnais
point de ne pas m'en être douté plus tôt,
n'accusais même pas mon père... Ce que je

venais d'apprendre était au-dessus de mes
forces... J'étais écrasé, anéanti... Tout était
fini... Mes belles fleurs gisaient, éparses
autour de moi, piétinées, flétries...

XX

Le lendemain, maman annonça qu'elle retournait en ville.

Mon père se rendit dans sa chambre et resta longtemps en tête à tête avec elle. Personne n'entendit ce qu'ils se dirent, mais ma mère ne pleura plus. Elle devint visiblement plus calme et demanda à manger, mais resta inébranlable dans sa décision et ne sortit pas de sa chambre.

Tout le jour, j'errai, obnubilé, mais ne descendis pas au jardin et évitai de regarder une seule fois dans la direction du pavillon.

Le soir, je fus témoin d'un événement extraordinaire. Mon père reconduisait Malevsky dans le vestibule, en le tenant par le bras, et lui déclara d'une voix glaciale, devant les domestiques :

— Il y a quelques jours, on a montré la porte, dans certaine maison, à Votre Excellence. Je ne veux pas d'explications pour le moment, mais je tiens à vous faire savoir que si jamais vous vous représentez chez moi, je vous ferai passer par la fenêtre. Je n'aime pas beaucoup votre écriture.

Le comte s'inclina, serra les dents, rentra la tête dans ses épaules et se retira, l'oreille basse.

On commença à faire les préparatifs de notre départ. Nous possédions un immeuble à Moscou, dans le quartier d'Arbat [13]. Manifestement, mon père n'avait plus grande envie de prolonger notre séjour à la villa, mais avait réussi à persuader ma mère de ne pas faire d'esclandre.

Tout se passait sans fausse précipitation. Maman avait demandé que l'on transmît ses adieux à la vieille princesse, en s'excusant de ne pas lui rendre visite avant le départ, en raison de son état de santé.

J'errais comme une âme en peine, obsédé par un seul désir : celui d'en finir au plus vite. Une pensée me poursuivait pourtant : comment se faisait-il qu'elle, une jeune fille et de plus une princesse, eût été capable de se décider à cela, sachant que mon père n'était pas libre et que, d'un autre côté, Belovzorov s'offrait à l'épouser ? Sur quoi avait-elle compté ? Comment n'avait-elle pas craint de gâcher son avenir ?... C'est bien cela le véritable amour, la vraie passion, le dévouement sans bornes, me disais-je... Je me souvins d'une phrase de Louchine : « Il est des femmes qui trouvent de la douceur dans le sacrifice... »

J'aperçus une tache blanche à la croisée d'en face... Zinaïda ?... C'était bien elle... Je n'y tins plus. Je ne pouvais pas me séparer d'elle sans un dernier adieu... Je guettai une minute propice et courus au pavillon.

La vieille princesse me reçut dans le salon, malpropre et négligée, selon son habitude.

— Comment se fait-il que vos parents s'en aillent si tôt ? me demanda-t-elle en fourrant du tabac dans ses narines.

Je la regardai et me rassurai aussitôt. La « lettre de change » mentionnée par Philippe me tenait à cœur... Mais elle ne savait rien... C'est du moins ce que je crus.

Zinaïda se montra sur le seuil de la pièce voisine, tout de noir vêtue, blême, les cheveux défaits... Elle me prit par la main et m'emmena avec elle, sans rien dire.

— J'ai entendu votre voix et suis sortie aussitôt, commença-t-elle... Alors, méchant garçon, vous êtes capable de nous quitter si facilement ?

— Je suis venu vous dire au revoir, princesse, murmurai-je... et probablement adieu... On vous aura sans doute annoncé déjà notre départ...

Elle me regarda fixement.

— Oui, on me l'a dit. Merci d'être venu. Je croyais déjà ne plus vous revoir. Ne gardez pas un mauvais souvenir de moi. Je

vous ai rendu parfois malheureux, et, pourtant, je ne suis pas ce que vous pensez.

Elle me tourna le dos et s'appuya à la
croisée.

— Non, je ne le suis pas... Je sais que vous
pensez mal de moi.

— Moi ?

— Oui, vous... vous...

— Moi ? répétai-je encore avec amertume,
et mon cœur frémit de nouveau, subjugué
par son charme indéfinissable, mais si puis-
sant. Moi ?... Quoi que vous fassiez, Zinaïda
Alexandrovna, et quelles que soient les souffrances qu'il me faille endurer de vous, sa-
chez bien que je vous aimerai et vous adore-
rai jusqu'à la fin de mes jours.

Elle se tourna brusquement vers moi, ouvrit les bras, enlaça ma tête et m'embrassa
avec chaleur. Dieu sait à qui était adressé ce
baiser d'adieu, mais je savourai avidement
sa douceur. Je savais qu'il ne se répéterait
plus jamais. Adieu... adieu...

Elle s'arracha à mon étreinte et s'éloigna.
Je me retirai également... Je ne saurais vous
décrire le sentiment que j'éprouvai à ce
moment-là ; je n'aimerais pas le goûter de
nouveau, mais en même temps, je m'estime-
rais malheureux si je ne l'avais jamais
connu...

Nous partîmes, et je mis longtemps à me
détacher du passé, à me remettre au travail.
La blessure se cicatrisait, mais lentement.

Fait étrange, je n'éprouvais aucun ressentiment à l'égard de mon père; au contraire, ma considération pour lui s'était encore accrue... Je laisse aux psychologues le soin d'expliquer ce paradoxe — s'ils le peuvent.

Un beau jour, en me promenant sur le boulevard, je croisai Louchine et ne dissimulai pas ma joie. Il m'était éminemment sympathique à cause de son caractère droit et loyal. En outre, il évoquait tant de souvenirs chers à mon cœur. Je m'élançai vers lui.

— Ah! ah! c'est vous, jeune homme, fit-il en fronçant les sourcils... Attendez un peu que je vous examine... Là... Le teint est encore un peu brouillé, mais les yeux n'ont plus leur éclat morbide... Vous ne ressemblez plus à un brave toutou bien apprivoisé, mais à un homme lige... J'aime cela... Eh bien, que faites-vous ? Vous étudiez ?

Je soupirai. Je ne voulais pas mentir, mais, en même temps, j'avais honte d'avouer la vérité.

— Allons, allons, ne soyez pas confus... Cela n'a pas grande importance... L'essentiel, c'est d'avoir un genre de vie normal et de ne pas se laisser égarer par la passion. Mauvais... très mauvais... Il ne faut pas qu'une lame vous emporte : mieux vaut se réfugier sur une pierre et réussir au moins à se tenir d'aplomb... Quant à moi, je tousse... Vous le voyez... A propos, savez-vous ce qu'est devenu Belovzorov ?

— Non, je ne sais rien.

— Disparu... Parti pour le Caucase, me suis-je laissé dire. Que cela vous serve de leçon, jeune homme. Et tout cela provient de ce qu'on ne sait pas s'arracher à ses filets... Quant à vous, je crois que vous en êtes sorti indemne... Seulement, attention, une autre fois, ne vous laissez pas prendre... Adieu!

« Je ne me laisserai plus prendre, me dis-je... Je ne la reverrai plus... »

Le sort en disposa autrement et je devais revoir encore une fois Zinaïda.

XXI

Chaque jour, mon père sortait à cheval. Il avait une belle bête anglaise, roux-gris, avec une encolure fine et élancée et de longs jarrets. Seul, mon père pouvait la monter.

Une fois, il entra dans ma chambre, et je m'aperçus aussitôt qu'il était d'excellente humeur, ce qui ne lui était pas arrivé depuis longtemps. Il allait partir et avait déjà mis ses éperons. Je lui demandai de me prendre avec lui.

— Autant jouer à saute-mouton, me répliqua-t-il. Tu ne pourras jamais me suivre sur ton canasson.

— Mais si. Je vais mettre des éperons, comme toi.

— Soit, viens, si cela t'amuse.

Nous nous mîmes en route. J'avais un petit cheval moreau, tout couvert de poils, assez solide sur ses jarrets et fort éveillé. Il est vrai qu'il lui fallait donner tout son train quand l'Electric de mon père se mettait au galop; malgré cela, je ne traînais pas.

Jamais je n'ai vu de cavalier comme mon père; il se tenait en selle avec tant de grâce désinvolte que l'on eût dit que le cheval lui-même s'en rendît compte et fût fier de son maître. Nous longeâmes tous les boulevards, contournâmes le Champ Dévitchié [14], franchîmes plusieurs palissades (j'avais peur, au début, mais mon père haïssait les poltrons, c'est pourquoi, bon gré mal gré, je me dominai), traversâmes deux fois la Moskowa... Je me disais déjà que nous allions rentrer, d'autant plus que mon père s'était aperçu de la fatigue de mon cheval, quand, tout à coup, il me distança et s'élança à toute allure dans la direction du gué Krimsky... Je le rattrapai. Parvenu à la hauteur d'un monceau de vieilles poutres, il mit prestement pied à terre, m'ordonna d'en faire autant, me jeta la bride d'Electric et me recommanda de l'attendre là. Après quoi, il tourna dans une petite ruelle et disparut. Je me mis à marcher de long en large devant le parapet du quai, en tirant les deux montures derrière moi et me querellant avec Electric, qui ne cessait de secouer la tête, de tirer, de renifler et de hennir; dès que je m'arrêtais, il labourait le sol de ses quatre fers, mordait mon petit cheval, poussait des cris aigus et se comportait en vrai « *pur-sang* » *.

Mon père ne revenait pas. Une humidité désagréable montait du fleuve. Il se mit à bruiner, et les poutres grises et stupides, dont la vue commençait à m'excéder, se couvrirent de petites taches noirâtres.

Je m'ennuyais à mourir, et mon père ne revenait pas. Un vieux garde finnois, coiffé d'un shako monumental en forme de pot et une hallebarde à la main (que pouvait-il bien faire sur les quais de la Moskowa ?) s'approcha de moi et tourna vers moi son visage ratatiné de vieille paysanne :

— Que faites-vous là avec vos chevaux, monsieur ? Passez-moi les brides, voulez-vous, je vais vous les garder.

Je ne répondis pas. Il me demanda du tabac. Pour me débarrasser de lui, je fis quelques pas dans la direction de la ruelle. Puis je m'y aventurai, tournai le coin et m'arrêtai... Je venais d'apercevoir mon père, à une quarantaine de pas en avant, appuyé sur le rebord de la fenêtre ouverte d'une petite maison en bois... Une femme était assise, à l'intérieur de la pièce, vêtue d'une robe sombre, à moitié dissimulée par un rideau. Elle parlait à mon père; c'était Zinaïda.

* En français dans le texte.

Je restai bouche bée... C'était assurément
la dernière des choses à quoi je me serais
attendu. Mon premier mouvement fut de
fuir. « Mon père va se retourner, me dis-je,
et alors je suis perdu!... » Mais un sentiment
étrange, plus fort que la curiosité et même
que la jalousie, me retint où j'étais. Je me
mis à regarder, dressai l'oreille. Mon père
avait l'air d'insister, et Zinaïda n'était pas
d'accord avec lui. Jamais je n'oublierai son
visage tel qu'il m'apparut alors : triste,
grave, avec une expression de fidélité impossible à décrire, et surtout de désespoir —
oui, du désespoir, c'est le seul mot que je
puisse trouver. Elle répondait par mono-
syllabes, les yeux baissés, et se contentait de
sourire d'un air humble et têtu à la fois.

A ce seul sourire je reconnus la Zinaïda
d'autrefois. Mon père haussa les épaules,
fit mine d'arranger son chapeau — un geste
d'impatience bien caractéristique de sa part...
Ensuite j'entendis : « *Vous devez vous séparer
de cette...** » Zinaïda se redressa, étendit le
bras... Et il se produisit alors une chose incroyable : mon père leva brusquement sa
cravache, avec laquelle il fustigeait les pans
poussiéreux de sa veste, et cingla violemment
le bras de la jeune fille, nu jusqu'au coude.
J'eus peine à retenir un cri. Zinaïda tressaillit, regarda mon père en silence, porta len-

---

* En français dans le texte.

tement sa main à ses lèvres et baisa la cicatrice rouge... Mon père jeta la cravache, monta en courant les marches du perron et bondit à l'intérieur de la maison... Zinaïda se retourna, étendit les bras, rejeta la tête en arrière et disparut.

Effrayé et stupéfait, je m'élançai, traversai la ruelle, faillis laisser partir Electric et me retrouvai enfin sur le quai.

Je savais bien que mon père, malgré son calme et sa retenue, était sujet à ces accès de rage; néanmoins, je n'arrivais pas à comprendre la scène dont j'avais été témoin... Au même instant, je compris que jamais je ne pourrais oublier le geste, le regard, le sourire de Zinaïda, que son nouveau visage ne s'effacerait pas de ma mémoire...

Je contemplais le fleuve, comme un automate, et ne m'apercevais pas des larmes qui coulaient sur mes joues... Je pensais : « On la bat... »

— Eh bien! donne-moi mon cheval! cria mon père derrière moi.

Machinalement, je lui remis les brides. Il sauta en selle sur Electric. Le cheval, transi de froid, se cabra et fit un saut de trois mètres... Mon père le maîtrisa rapidement, lui laboura les flancs avec ses éperons et le frappa au cou avec son poing...

— Dommage que je n'aie pas de cravache! marmotta-t-il.

Je me souvins du sifflement de la cravache, tout à l'heure.

— Qu'en as-tu fait ? me risquai-je à lui demander après un silence.

Il ne répondit rien et, me devançant, mit son cheval au galop. Je le rattrapai : je tenais absolument à voir son visage.

— Tu t'es ennuyé sans moi ? fit-il en serrant les dents.

— Un peu. Où as-tu perdu ta cravache ? lui demandai-je de nouveau.

Il me jeta un rapide coup d'œil.

— Je ne l'ai pas perdue... Je l'ai jetée...

Il baissa la tête, rêveur, et pour la première fois je m'aperçus combien de tendresse et de douleur pouvaient exprimer ses traits austères.

Il repartit au galop, je ne parvins plus à le rejoindre et rentrai à la maison un quart d'heure après lui.

« C'est donc cela l'amour, me disais-je, la nuit, installé devant ma table de travail où livres et cahiers avaient fait leur réapparition... C'est cela la vraie passion... Peut-on ne pas se cabrer, ne pas se révolter... même si l'on adore la main qui vous frappe ?... Il faut croire que oui... quand on aime vraiment... Et moi, imbécile que j'étais, j'imaginais que... »

J'avais beaucoup mûri depuis un mois, et mon pauvre amour, avec toutes ses inquiétudes et ses tourments, me sembla bien petit, bien puéril, bien mesquin devant cet inconnu que j'entrevoyais à peine, devant ce visage étranger, séduisant mais terrible, que je tâchais vainement de discerner dans la pénombre...

Je fis, cette nuit-là, un rêve singulier, effrayant... Je pénétrais dans une pièce basse et sombre; mon père était là, armé de sa cravache, et tapait du pied; blottie dans un coin, Zinaïda portait une raie rouge non plus au bras, mais au front... Belovzorov se dressait derrière elle, tout couvert de sang, entrouvrait ses lèvres blêmes et faisait, dans la direction de mon père, un geste menaçant...

Deux mois plus tard, j'entrais à l'Université, et encore six mois après, mon père mourait d'une attaque d'apoplexie, à Saint-Pétersbourg, où nous venions de nous installer tous. Peu de jours avant cela, il avait reçu une lettre de Moscou qui l'avait extraordinairement agité... Il était allé supplier ma mère et — chose incroyable — l'on me raconta qu'il avait pleuré!

Dans la matinée du jour où il devait succomber, il avait commencé d'écrire une lettre pour moi, en français : « Mon fils, méfie-toi de l'amour d'une femme, méfie-toi de ce bonheur, de ce poison... » Après sa mort, maman envoya une somme considérable à Moscou.

XXII

Quatre ans s'écoulèrent... Je venais de terminer mes études à l'Université et n'étais pas encore bien fixé sur ce que j'allais entreprendre, ne sachant à quelle porte frapper. En attendant, je ne faisais rien. Un soir, au théâtre, je rencontrai Maïdanov. Il s'était marié et avait obtenu une situation. Je ne le trouvai pas changé pour cela : toujours les mêmes élans d'enthousiasme — mal à propos — et les mêmes accès de mélancolie noire et subite.

A propos, me dit-il, savez-vous que Mme Dolskaïa est ici ?

— Mme Dolskaïa ?... Qui est-ce ?

— Comment, vous l'avez déjà oubliée ? Voyons, l'ex-princesse Zassekine, celle dont nous étions tous amoureux... Vous ne vous rappelez pas... la petite villa près de Neskoutchny.

— Elle a épousé Dolsky ?

— Oui.

— Et ils sont ici, au théâtre ?

— Non, mais ils se trouvent de passage à Saint-Pétersbourg. Arrivée depuis quelques jours, elle a l'intention d'aller faire un séjour à l'étranger.

— Quel genre d'homme est-ce, son mari ?

— Un très brave garçon, un ancien collègue de Moscou... Vous comprendrez qu'après cette histoire... vous devez être plus au courant que n'importe qui... (là-dessus, il grimaça un sourire plein de sous-entendus) il ne lui était pas facile de se marier... Il y a eu des conséquences... Mais, avec son intelligence, rien n'est impossible. Allez donc la voir, cela lui fera plaisir. Elle a encore embelli.

Maïdanov me donna l'adresse de Zinaïda. Elle était descendue à l'hôtel Demout [15]... De vieux souvenirs remuèrent au fond de mon cœur et je me promis d'aller rendre visite dès le lendemain à l'objet de mon ancienne « passion ».

J'eus un empêchement... Huit jours passèrent, puis encore huit autres. En fin de compte, lorsque je me présentai à l'hôtel Demout et demandai Mme Dolskaïa, il me fut répondu qu'elle était morte, il y avait quatre jours de cela, en mettant un enfant au monde.

Il me sembla que quelque chose se déchirait en moi. L'idée que j'aurais pu la voir, mais ne l'avais pas vue et ne la reverrais plus jamais s'empara de mon être avec une force inouïe, comme un reproche amer.

— Morte! répétai-je en fixant le portier avec des yeux aveugles...

Je sortis lentement et m'éloignai au hasard, droit devant moi, sans savoir où j'allais... Voilà donc l'issue, voilà le terme qui guettait cette vie jeune, fiévreuse et brillante!

Je me disais cela en imaginant ses traits chéris, ses yeux, ses boucles dorées, enfermés dans une caisse étroite, dans la pénombre moite de la terre... Et cela tout près de moi, qui vivais encore... à quelques pas de mon père, qui n'était plus...

Je me perdais dans ces réflexions, forçais mon imagination, et pourtant un vers insidieux résonnait dans mon âme :

Des lèvres impassibles ont parlé de la mort [16].

Et je l'appris avec indifférence...

Rien ne peut t'émouvoir, ô jeunesse! Tu sembles posséder tous les trésors de la terre; la tristesse elle-même te fait sourire, la douleur te pare. Tu es sûre de toi-même et, dans ta témérité, tu clames : « Voyez, je suis seule à vivre!... » Mais les jours s'écoulent, innombrables et sans laisser de trace; la matière dont tu es tissée fond comme cire au soleil, comme de la neige... Et — qui sait ? — il se peut que ton bonheur ne réside pas dans ta toute-puissance, mais dans ta foi. Ta félicité

serait de dépenser des énergies qui ne se
trouvent point d'autre issue. Chacun de
nous se croit très sérieusement prodigue et
prétend avoir le droit de dire : « Oh! que
n'aurais-je fait si je n'avais gaspillé mon
temps! »

Moi de même... que n'ai-je pas espéré ?
à quoi ne me suis-je pas attendu ? quel avenir rayonnant n'ai-je pas prévu au moment
où je saluai d'un soupir mélancolique le
fantôme de mon premier amour, ressuscité
l'espace d'un instant!

De tout cela, que s'est-il réalisé ? A présent que les ombres du soir commencent à
envelopper ma vie, que me reste-t-il de plus
frais et de plus cher que le souvenir de cet
orage matinal, printanier et fugace ?

Mais j'ai tort de médire de moi-même.
Malgré l'insouciance de la jeunesse, je ne
suis pas resté sourd à l'appel de cette voix
mélancolique, à cet avertissement solennel
qui montait du fond d'une tombe... Quelques
jours après avoir appris le décès de Zinaïda,
j'assistai, de mon gré, aux derniers moments
d'une pauvre vieille femme qui habitait dans
notre immeuble. Couverte de guenilles, étendue sur des planches rugueuses, avec un sac
en guise d'oreiller, elle avait une agonie
lente et pénible... Toute son existence s'était
passée à lutter amèrement contre les besoins
de la vie quotidienne. Elle n'avait pas connu
la joie, n'avait jamais approché ses lèvres

du calice de la félicité : n'aurait-elle pas dû
se réjouir à l'idée de la délivrance, de la
liberté et du repos qu'elle allait enfin goûter ? Et cependant tout son corps décrépit se
débattit aussi longtemps que sa poitrine se
souleva encore sous la dextre glacée qui
l'oppressait, que ses dernières forces ne
l'eurent pas complètement abandonnée. Elle
se signa pieusement et murmura :

— Seigneur, pardonnez-moi mes péchés!

L'expression d'effroi et d'angoisse devant
la mort ne s'éteignit au fond de son regard
qu'avec l'ultime lueur de vie...

Et je me souviens que c'est au chevet de
cette pauvre vieille que j'eus peur, soudain,
pour Zinaïda et voulus prier pour elle, pour
mon père — et pour moi.

1860.

NOTES

1. Schiller était fort à la mode en Russie pendant les années trente, *Les Brigands* ayant été représentés pour la première fois à Moscou en 1829 avec le célèbre Motchalov dans le rôle de Karl Moor.

2. *I. K. Kaïdanov* (1780-1843) : historien et pédagogue.

3. *La porte Iverskaïa* se trouvait à Moscou entre les bâtiments actuels du Musée Historique et du Musée de V. I. Lénine. Au XIXe s. les hommes de loi se rassemblaient à la porte Iverskaïa pour offrir leurs services aux particuliers.

4. *Le monastère Donskoy* fut fondé après 1591 par le tsar Fiodor Ivanovitch à l'endroit où les Russes avaient vaincu les troupes de Khazy-Guiré, khan de la Crimée.

5. *Sur les collines de Géorgie :* poème de Pouchkine (1829).

6. Un épisode raconté dans *Les Vies de Plutarque.*

7. Le sujet de ce tableau fut emprunté du roman de Sophie Cottin (1770-1807) : *Mathilde ou mémoires tirés de l'histoire des Croisades* (1805).

8. Chanson populaire russe très connue au début du XIXe s.

9. Romance d'après le poème *Je t'attends*, de Vjazemski (1816).

10. *Ermak :* tragédie historique du poète slavophile Khomiakov, publiée à Moscou en 1832.

11. *Henri Auguste Barbier* (1805-1882). Son recueil de poèmes satiriques *Les Iambes*, publié en 1831, fut discuté dans le journal russe *Le Télescope* en 1832.

12. *Le Télégraphe de Moscou*, journal bimensuel (1825-1834) qui faisait connaître les poètes romantiques.

13. *Arbat* : quartier de Moscou, à l'ouest du Kremlin.

14. *Champ Dévitchié* : au sud-ouest de Moscou.

15. *L'hôtel Demout* à Pétersbourg, nommé d'après son premier propriétaire Philippe Jacques Demout (1750-1802); situé sur la Moïka près du pont Vert.

16. *Des lèvres impassibles* : citation du poème de Pouchkine *Sous le ciel bleu de sa patrie* (1825).

ARCHIVES DE L'ŒUVRE

(Tous les textes sont traduits du russe,
de l'anglais et de l'allemand,
sauf ceux de Flaubert, Viardot,
Maurois et A. Mchanetzki.)

I. *Liste des personnages de « Premier Amour », janvier 1858.* Bibliothèque nationale, Slave 88. Voir : ANDRÉ MAZON, *Manuscrits parisiens d'Ivan Tourguénev,* Paris, 1930, pp. 19-22.

  1) Les personnages de la nouvelle *Premier Amour :*
     Moi, petit garçon (13), 15 ans.
     Mon (père) [oncle] (48), 38 ans.
     Ma mère (36), 40 ans.
     Zenaïda Nikolaïévna, 20 ans.
     Sa mère, 45 ans ; son frère, 14 ans.
     Le hussard Belovzorov, 26 ans.
     Maïdanov, poète de l'école romant., 22 ans.
     Louchine, Voïn Osipovitch, 34 ans.
     Le comte Malevski, 30 ans.
     Narmatzki (56), 50 ans.

II. *Le manuscrit au brouillon,* conservé à Leningrad, porte de la main de Tourguéniev la note :

  Commencé à Pétersbourg dans les premiers jours de 1860.

Achevé à Pétersbourg le jeudi 10-22 mars 1860, à trois heures du matin.

III. *Premier Amour paraît pour la première fois* dans la revue « La Bibliothèque de lecture » (rédigée alors par A. V. Droujinine), 1860, n° 3, rubr. 1, pp. 1-76.

IV. *Rapport de Tourguéniev sur l'écho que Premier Amour a trouvé chez quelques-uns de ses amis :*

Mon récit s'appelle *Premier Amour*. Je pense que vous connaissez son sujet. Je l'ai lu l'autre jour à un aréopage composé d'Ostrovski, Pisemski, Annenkov, Droujinine et Maïkov (...). L'aréopage fut content et fit seulement quelques remarques peu importantes.

(Lettre à Fet, du 13-25 mars 1860.)

Ce qui me plaît, c'est que *Premier Amour* plaise aux Tolstoï. C'est une garantie. D'ailleurs, j'ai ajouté la vieille à la fin premièrement parce qu'il en fut ainsi en réalité et deuxièmement parce que, sans cette fin dégrisante, les cris à l'immoralité auraient été encore plus forts.

(Lettre à Fet, du 1er-13 mai 1860 ; voir ci-dessous le jugement de Tolstoï, 1896.)

V. *L'accueil des correspondants de Tourguéniev, des hommes de lettres et de la critique (1860-1960) :*

1. O. S. AKSAKOVA (sœur des « slavophiles » I. S. et K. S. Aksakov) :

Ses nouvelles *A la Veille* et *Premier Amour* sont également dégoûtantes par leur immoralité et leur indécence.

(Lettre à I. S. Aksakov, du 11-23 avril 1860.)

2. A. I. HERZEN

Ton *Premier Amour* est une chose ravissante — mais pourquoi est-elle tombée dans le Bard(ak)

[Bordel, dédaigneusement au lieu de « La Bibliothèque » P. B.] de la Lecture ?

(Lettre à Tourguéniev, du 6-18 mai 1860.)

Avez-vous lu *Premier Amour* de Tourguéniev ? A mon avis cela vaut beaucoup mieux qu'*A la Veille*.

(Lettre à M. A. Markovitch, du 25 juin-
7 juillet 1860.)

3. N. P. OGARIOV

Nous avons lu encore une fois *Région de forêt*, Tourguéniev, et je te dis encore une fois — ravissante, et *Premier Amour* est aussi ravissant. (Postscriptum dans la lettre de Herzen à Tourguéniev, du 6-18 mai 1860.)

4. V. F. KORCH

Pour éclaircir la question pourquoi *A la Veille* a trouvé tant d'intérêt dans la société, il faut la comparer avec un conte du même auteur paru en même temps : nous parlons de *Premier Amour*. Ici et là, un récit accompli et ravissant, mais, ayant lu *A la Veille*, on commence à réfléchir sans le vouloir, tandis que *Premier Amour*, on le lit assez indifféremment. (...) Cette nouvelle ne suscite en nous aucune grande question ; elle ne comporte pas de types nobles qui éveillent la sympathie (...) Le héros du conte [c'est-à-dire le père. P. B.] est un personnage antipathique (...). Ce monsieur à la volonté de fer s'est marié par calcul, et, à travers ses manières élégantes et aristocratiques combinées avec une maîtrise de soi extraordinaire, le lecteur reconnaît très bien une nature froide et égoïste qui ne poursuit que l'idée du confort et de la jouissance (...). L'héroïne dans ce conte n'est qu'une coquette, capricieuse au dernier degré et fort immorale. Par conséquent, il n'y a ici aucun idéal pour notre vie.

(Critique dans « Les Nouvelles de Moscou »,
du 7 mai 1860.)

5. LOUIS VIARDOT

Je vais vous parler à cœur ouvert de votre *Premier Amour*. Franchement, si j'avais été le directeur de la *Revue des Deux Mondes,* j'aurais aussi refusé ce petit roman, et par le même motif. Je crains bien qu'il n'appartienne à votre insu à ce qu'on nomme justement la littérature malsaine. Tous les personnages y touchent à l'odieux, et la vieille princesse au tabac, et la jeune fille dont la coquetterie se met aux enchères, et le housard et le Polonais, et le poète ; aucun d'eux n'intéresse ou n'amuse. Qui va-t-elle choisir parmi ses adorateurs, cette nouvelle *Dame aux camélias ?* Un homme marié. Encore l'adultère, toujours l'adultère florissant et glorifié ! Cet homme a épousé une vieille femme par calcul ; il dépense la fortune de cette femme à s'acheter de jeunes maîtresses. N'importe ; c'est un homme charmant, adorable, irrésistible. Pourquoi, du moins, ne l'avoir pas fait veuf ? A quoi sert la triste et inutile figure de sa femme ? Et qui est-ce qui raconte cette scandaleuse histoire ? Son fils, ô honte ! Son propre fils, qui n'imite pas les enfants de Noé couvrant l'ivresse et la nudité de leur père, mais qui les étale au grand jour. Et ce n'est pas à seize ans qu'il parle, mais à quarante, quand ses cheveux grisonnent ; et il ne trouve pas un mot de blâme ou de regret sur la déplorable situation de ses parents. A quoi sert, après cela, le talent dépensé sur un tel sujet ? (...) vous vous laissez emporter à la dérive vers l'égout du roman moderne. Prenez-y garde, et hâtez-vous de remonter sur vos pas.

(Lettre à Tourguéniev, Paris, du 23 novembre 1860 ; Zviguilsky II, 115 f.)

6. LA COMTESSE LAMBERT

Voici une lettre que je vous envoie et qui n'a pas été écrite pour vous, mais le jugement porté sur votre œuvre (*Premier Amour*. P. B.) me paraît assez juste. Lundi je vous ai parlé de l'effet qu'elle a produit en haut lieu, aujourd'hui il en est question derechef de la part d'un bon juge dans les matières littéraires ; — c'est un esprit critique d'un goût sûr et quelquefois délicat.

(Lettre à Tourguéniev, non datée, mais écrite avant le 16-28 février 1861.)

I. S. TOURGUÉNIEV A LA COMTESSE LAMBERT

Je vous renvoie la lettre de Monsieur G. Il aura bien raison — mon ami Viardot est du même avis en ce qui concerne *Premier Amour,* et je ne peux pas donner pour excuse que le sujet ne me semblait pas du tout immoral. Cela est même — « une circonstance aggravante » (français dans l'original. P. B.). Mais j'ose protester quand on m'accuse d'avoir écrit dans l'intention d'obtenir un effet ; je n'ai pas inventé ce conte. Il me fut donné par la vie elle-même. Je me hâte d'ajouter que cela ne me justifie pas ; peut-être n'aurait-il pas fallu toucher à tout cela. Je parle : peut-être — parce que je ne veux pas mentir. Si quelqu'un voulait me demander si je serais prêt à détruire ce conte de façon qu'aucune trace n'en reste... je secouerais la tête en signe de dénégation.

(Lettre du 16-28 février 1861.)

7. N. A. DOBROLIOUBOV

... Personne n'a jamais rencontré une femme pareille et ne voudrait en rencontrer, parce qu'aucun homme ne souhaite qu'on lui enfonce une aiguille dans la main ou qu'on lui arrache une touffe de cheveux ou qu'on lui fasse prendre la cravache pour obtenir un dévouement tendre, comme le fait l'aimable princesse Zinaïda !

La comtesse Zinaïda, c'est quelque chose d'inter-
médiaire entre un Petchorine (*Un héros de notre
temps,* de Lermontov. P. B.) et un Nozdriov (héros
de Gogol dans *Les Ames mortes.* P. B.) en jupon.

(1860)

8. D. I. PISAREV

Je ne dirai mot de Zinaïda Zasekina (dans la
nouvelle *Premier Amour*). Je ne comprends pas son
caractère.

(1861)

9. APOLLON GRIGORIEV

Les lecteurs (...) lisent *Premier Amour* avec un
frisson de ravissement bien que l'auteur n'y démas-
que rien et n'instruise pas du tout — bien que l'on
n'y trouve rien d'autre qu'exaltation, parfum et
poésie ; cependant, la critique et une part de
l'opinion publique crient hautement à l'immoralité.

(1861)

10. GUSTAVE FLAUBERT

Quant à votre *Premier Amour,* je l'ai d'autant
mieux compris que c'est la propre histoire d'un de
mes amis très intimes. Tous les vieux romantiques
(et j'en suis un, moi qui ai couché la tête sur un
poignard), tous ceux-là doivent vous être reconnais-
sants pour ce petit conte qui en dit si long sur leur
jeunesse. Quelle fille excitante que Zinotchka !
C'est une de vos qualités que de savoir inventer des
femmes. Elles sont idéales et réelles. Elles ont
l'attraction et l'auréole. Mais ce qui domine toute
cette œuvre et même tout le volume, ce sont ces
deux lignes : « Je n'éprouvais pour mon père aucun
sentiment mauvais. Au contraire, il avait encore
grandi, pour ainsi dire, à mes yeux. » Cela me

semble d'une profondeur effrayante. Sera-ce remarqué ? Je n'en sais rien. Mais, pour moi, voilà du
sublime.

(Lettre à Tourguéneff, du 24 ou 31 mars 1863.)

11. SEMION VENGUÉROV

Premier Amour ne comprend pas des types sociaux
et, pour ainsi dire, il consiste tout à fait en
« poésie ». (...) Parmi les autres types de femmes
chez Tourguéniev, la comtesse Zasekine [Zinaïda]
n'est pas la dernière à inspirer de la sympathie, mais
il y a en elle peu d'éléments « culturels » (.). Si
l'on n'exige pas de types et se contente de caractères, la comtesse n'est pas dépourvue d'intérêt.

(1875)

12. P. V. ANNENKOV

Par l'harmonie de toutes les parties, par la vérité et
la conséquence des caractères, par la manière
excellente du récit il [*Premier Amour*] peut être
comparé non seulement aux deux chefs-d'œuvre
antérieurs de Tourguéniev (*Le Nid de seigneurs* et *A
la Veille*. P. B.), mais aussi au dernier (*Terres
vierges*. P. B.).

(1885)

13. L. N. TOLSTOI

Le 14 juillet 1896, Tolstoï lit *Premier Amour* dans
son cercle à Jasnaïa Poliana. Il dit que « la fin est
faite de manière classique ».

(Œuvres, vol. 53, 397 suiv.)

14. VALÈRE BRIOUSOV

Premier Amour — c'est une œuvre très brillante et
complète (mais un sujet analogue a été traité avec
bien plus de profondeur par Dostoïevski dans son
roman *L'Adolescent*). Le personnage de Zinaïda est
très original ; tous ses adorateurs sont très typiques.

Le « premier amour » lui-même de M. Voldemar
est peint en touches tendres et douces. Très poétiques les deux visions fantastiques de Zinaïda (Nad-
son a essayé de mettre en vers la deuxième, mais
sans succès). L'introduction montre fort à propos
quelques aspects d'un premier amour. Pénible,
toutefois, le fait que T., parlant à la première
personne, oblige ainsi ses personnages à constam-
ment être des auditeurs et des spectateurs involon-
taires.

(Lettre à sa sœur Nadejda Briousova, âgée alors de
15 ans ; Piatigorsk, 27 juillet 1896.)

15. EDWARD GARNETT

La couleur riche et l'arôme du dessin de la passion
romantique par Tourguéniev se révèlent quand
nous nous tournons vers *Premier Amour* (1860) qui
détaille l'adoration fervente de Voldemar (...) pour
la fascinante Zinaïda, une créature exquise qui par
sa versatilité et par ses caprices tendres et moqueurs
tient ses adorateurs zélés en suspens jusqu'au
moment où, enfin, elle se rend à sa passion pour le
père de Voldemar. Cette étude de l'enivrement de
l'amour adolescent est, elle aussi, basée sur un
épisode de l'adolescence de Tourguéniev. (...) Ici
nous oscillons sur la ligne magique de démarcation
entre la prose et la poésie, et nous sentons comme le
parfum des instincts de l'amour fraîchement éclos
pénètre toutes les impulsions fluctuantes de chagrin, de tendresse, de pitié et de regret qui se
réunissent dans la fin tragique. L'invocation fort
impressionnante à la jeunesse est en effet du lyrisme
le plus pur.

(1917)

16. DMITRI MIRSKI

Tourguéniev atteint le sommet de son art dans les
deux nouvelles *Un petit coin tranquille* (= *L'Ant-*

char. P. B.) et *Premier Amour* (...). *Premier Amour*
est un peu à l'écart des autres œuvres de Tourguéniev. Ici, l'atmosphère est plus froide et claire et
rappelle plutôt l'air raréfié des hauteurs de Lermontov. Les héros — Zinaïda et le père du narrateur
dans la première personne — ont plus d'animalité et
de vitalité que l'auteur ne le permet en général à ses
héros. Leurs passions sont d'une attente fiévreuse et
d'un contour bien clair, libres de toute indécision et
de toute brumaille idéaliste ; ils sont égoïstes, mais
d'une préoccupation d'eux-mêmes qui sait gagner la
sympathie par sa vitalité.

(1926)

17. ANDRÉ MAUROIS

(Tourguéniev) écrivit vers 1860 une ravissante nouvelle, *Premier Amour* (peut-être la plus parfaite
sinon la plus grande de ses œuvres) (...). Cette
nouvelle se terminait par une invocation à la
jeunesse : (...). Philosophie d'homme découragé, et
qui devait déplaire aux jeunes gens. Quand Tourguéniev allait maintenant en Russie, ses relations
avec les nouveaux écrivains étaient douloureuses.

(1931)

18. ANNA AKHMATOVA

Tourguéniev vient sur la sellette. Nous sommes
unanimes à lui tomber dessus.
— Ça sent tellement la province! dit Anna
Andreïevna. *Clara Militch* ou bien *Toc, toc!*... ont
l'air tout droit sortis d'un feuilleton de gazette
provinciale!
Je dis que *Premier Amour,* lui, est un bon récit.
— C'est simplement que vous ne l'avez pas relu
depuis longtemps. Relisez-le ! dit sévèrement Anna
Andreïevna. Ce qu'il y a de bon, chez lui, c'est *La
Mort de Tchertopkhanov,* mais certainement pas
Premier Amour.

(Entretien avec Akhmatova de Lydia Tchoukovs-
kaïa, 19 juillet 1953.)

19. RICHARD FREEBORN

A côté de *Pères et Fils* il faut placer cette nouvelle la
plus ravissante et brillante, *Premier Amour*. Dans
ces deux œuvres, l'inspiration est la plus grande. La
vitalité s'y trouve, en ce qui concerne la forme et la
manière, dans l'évocation de la disposition de
l'âme, dans la profondeur de l'entendement
humain, dans la chaleur persuasive de l'été qui peut
donner à l'homme l'illusion que le bonheur est
possible, et dans une vue de la vie qui s'aperçoit de
ses implications tragiques mais ne la laisse pas
accabler par le pessimisme.

(1960)

VI. « L'APPENDICE FRANÇAIS » DE « PREMIER AMOUR » (pour l'édition de 1863 ; voir la préface) ET DEUX COMMENTAIRES.

La lecture finie, Vladimir Pétrovitch baissa la tête
comme dans l'attente d'une première parole. Mais ni
Sergueï Nikolaïevitch ni le maître de la maison ne
rompirent le silence. Vladimir, lui-même, ne levait pas
les yeux de son cahier.

— Je crois m'apercevoir, messieurs, dit-il enfin, avec
un sourire contraint, que ma confession vous a plu
médiocrement !

— Non, répondit Sergueï Nikolaïevitch. Mais...

— Quoi ? mais ?

— Je veux dire que nous vivons dans un temps étrange,
et que nous sommes nous-mêmes d'étranges gens.

— En quoi ?

— Oui, nous sommes d'étranges gens, répéta Sergueï
Nikolaïevitch. — Vous n'avez rien ajouté à ce que vous
nous nommez votre confession, n'est-ce pas ?

— Rien.

— Hum ! — Cela se voit de reste. Eh bien ! — il me semble qu'en Russie seulement...

— Une pareille histoire est possible ? interrompit Vladimir : allons donc !

— Vous ne m'avez pas laissé finir ma phrase. Je voulais dire qu'en Russie seulement, un pareil récit est possible.

— Vladimir se tut un instant. — Quelle est votre opinion à vous ? demanda-t-il, en se tournant vers le maître de la maison.

— Je suis de l'avis de Sergueï Nikolaïevitch, répondit celui-ci : mais ne vous effrayez point Nous ne voulons pas dire par là que vous soyez un homme pervers — au contraire. Nous voulons dire que les conditions sociales, au milieu desquelles nous avons tous grandi, se sont formées chez nous d'une façon toute spéciale, qui n'avait jamais été et qui, probablement, ne sera plus jamais. — Votre récit simple et *dépouillé d'artifice* nous a inspiré une sorte d'effroi. — Non qu'il nous ait choqués comme immoral ; il recèle quelque chose de plus sombre et de plus profond qu'une simple immoralité. Personnellement, vous êtes à l'abri de tout reproche, n'ayant commis aucune faute. Mais, à chaque ligne de votre récit, perce je ne sais quelle faute générale, commune à tout un peuple, que j'oserais presque appeler un crime national.

— Oh ! quel grand mot pour une petite chose ! fit observer Vladimir.

— Le cas est petit, la chose ne l'est point. Il y a, je le répète, et vous le sentez vous-même, il y a, comme le dit un certain soldat, dans *Hamlet* :
Something is rotten in the state of Denmark *.

— Espérons, en tout cas, que nos enfants auront autre chose à raconter de leur jeunesse, et qu'ils le raconteront autrement.

---

* *Quelque chose de pourri dans le royaume de Danemark* (« Hamlet », acte I, sc. IV).

LUDWIG PIETSCH

Premier Amour n'est ni triste ni tragique : ce livre nous saisit comme un fleuve plein de la poésie la plus fine, douce et enivrante. Mais le fond de tout cela est tellement national — un Russe raconte à ses amis l'histoire de son premier amour qu'il éprouvait étant garçon pour une belle femme séduisante qui à la fin se trouve être la maîtresse de son père marié — que même le rédacteur de la version française se trouva obligé « par respect pour les mœurs » de faire remarquer aux auditeurs dans un épilogue que pareilles choses ne peuvent arriver et ne peuvent être racontées qu'en Russie.

I. S. TOURGUÉNIEV

Tout l'appendice explicatif à la fin de la nouvelle *Premier Amour* fut ajouté par mon traducteur français (entre nous : par Viardot) par égard à la morale... il n'y a rien de tout cela dans l'édition originale (russe). — Je n'ai pas protesté. Peut-être fallait-il le faire, mais vous savez bien comment je ne me préoccupe pas de mes œuvres dès qu'elles sont publiées (...). Vous savez bien que quelque chose de semblable n'est pas dans mon naturel... subtiliser comme ça en réfléchissant, rendre compte — c'est comme caqueter après la ponte des œufs.

(Lettre à Ludwig Pietsch, du 3-15 février 1882.)

VII. ANECDOTE SUR LE VÉRITABLE « PREMIER AMOUR » DE TOURGUÉNIEV

(version qui semble écartée par la publication en 1973 de l'article de N. Tchernov — voir la préface — mais qui présente un autre aspect de la réalité). Je voudrais à présent rectifier aussi quelques erreurs courantes concernant le *Premier Amour* d'Ivan. Cherchant dans son œuvre l'histoire de ce premier amour, les tourguénievistes s'arrêtèrent naturellement sur le récit qui porte

ce titre même, et admirent longtemps que Zinaïda, héroïne de ce récit, fut véritablement le premier amour de Tourguénev. Mais un jour, Zola, parlant à Eugène Séménoff de son grand ami Tourguénev et des dîners des cinq, rapporta une confidence reçue au cours d'un de ces dîners. Mon grand-père en trouva plus tard la confirmation dans le *Journal des Goncourt*. Un jour, les convives parlaient de l'amour. Quand vint son tour, Tourguénev raconta son premier amour à lui. Tout jeune, à seize ans, il s'était épris d'une jeune serve dans leur maison de Spasskoïé, mais sans oser lui déclarer sa flamme. Belle, douée, rieuse, première chanteuse et danseuse du village, « coqueluche » de tous les gars de Spasskoïé, elle fit elle-même les premiers pas. Un jour il la rencontra dans le parc seigneurial, elle le regarda et lui dit « Allons... ». Ce fut le départ pour Cythère... L'objet de ce premier amour, daté expressément de 1834, ne fut donc ni Zina, ni Avdotia, la jeune couturière de Spasskoïé, mère de sa fille, qu'il ne connut que plus tard, à l'âge de vingt-quatre ans, mais une jeune serve (...).
(Alexandra MCHANETZKI, *Sur la vie de Tourguénev. Entretiens sur le grand siècle russe et ses prolongements*, 1968. Paris, Plon, 1971, pp. 178-179.)

VIII. CINÉMA ET TÉLÉVISION

1. Le film « Premier Amour » (en russe), produit en Russie 1915-1916.
   (voir V. R. Gardin, *Vospominaniïa*, vol. I, Moscou, 1949).

2. Le film « Primer amor » (en espagnol), produit en 1941, régie C. de la Torre.

3. Le film « First Love », « d'après la nouvelle de Tourguéniev », production et régie de Maximilian Schell ; avec la participation de John Moulder Brown (Alexandre), Dominique Sanda (Zinaïda), Maximi-

lian Schell (le père), Valentina Cortese (la mère) et de John Osborne qui, dans le rôle du poète Maïda-nov, cite des vers du poète soviétique Yevguénïï Yevtuchenko. Produit en Hongrie, à Munich et à Vienne en 1970. Version allemande sous le titre « Erste Liebe ».

4. Le film « Premier Amour » (en russe), produit par la télévision soviétique en 1969 : scénario et régie de Vasilii Ordynskii, avec la participation de Irina Petchernikova, Innokentii Smoktunovskii et Vadim Vlassov. Version allemande sous le titre « Erste Liebe ».

TABLE DES MATIÈRES

PUBLICATIONS NOUVELLES

Vous trouverez chez votre libraire le catalogue complet des livres de poche
GF-Flammarion et Champs-Flammarion.

GF — TEXTE INTÉGRAL — GF

1257-V-1993. — Imp. Bussière, St-Amand (Cher).
N° d'édition 14473. — 4e trimestre 1974. — Printed in France.